太阳诗集

THE SUN
COLLECTION OF POEMS

姜国栋 / 著

百花洲文艺出版社
BAIHUAZHOU LITERATURE AND ART PRESS

图书在版编目（CIP）数据

太阳诗集 / 姜国栋著. --南昌：百花洲文艺出版社，2023.5
ISBN 978-7-5500-4894-2

Ⅰ.①太… Ⅱ.①姜… Ⅲ.①诗集－中国－当代
Ⅳ.①I227

中国国家版本馆CIP数据核字（2023）第003372号

太阳诗集
TAIYANG SHIJI
姜国栋 著

出版人 陈 波
责任编辑 郝玮刚 蔡央扬
封面设计 辉汉文化
出版发行 百花洲文艺出版社
社 址 南昌市红谷滩区世贸路898号博能中心一期A座20楼
邮 编 330038
经 销 全国新华书店
印 刷 成都勤德印务有限公司
开 本 880mm×1230mm 1/32 印张 9.25
版 次 2023年5月第1版
印 次 2023年5月第1次印刷
字 数 120千字
书 号 ISBN 978-7-5500-4894-2
定 价 48.00元

赣版权登字 05-2023-2

网址 http://www.bhzwy.com
图书若有印装错误，影响阅读，可向承印厂联系调换。

序言

情深意重的诗歌恋人

潘　鸣

临近重阳节的日子，市作协策划承办了一场主题联欢活动，邀请一批当年的知青相聚德阳三线建设老厂，在曾经的大修车间里重温燃情岁月，回响青春之歌。清楚地记得，国栋兄那天很踊跃，开场领衔小合唱，在手风琴伴奏下演绎俄罗斯风格的经典老歌《往日时光》，情绪甚是投入。后来又登台朗诵了为联欢活动特意创作的诗歌《重返青葱麦场》。诗语一咏三叹，反复牵念着一位“阿芳”。情到深浓处，脱开诗稿，目光炯炯地投向高高的穹顶：“多少回梦里呼喊你的名字，亲爱的阿芳，我拿什么奉献给你……”年过花甲的人，那一刻嘴角竟浮起一对纯情的酒窝儿。

下来我们与他开玩笑，他莞尔以对：的确，阿芳是我此生最中意的情人，她的本名是——诗歌！

国栋对诗歌一往情深，这缘分结下已长达四十年。他的故乡重庆奉节是长江三峡赫赫有名的诗歌之城，李白、杜甫、刘禹锡、范成大、陆游……许多文人骚客都曾游历至此，低吟高哦，意气风发，留下了大量不朽诗篇。或许是得了先贤灵气熏染，国栋从中学时代就迷上了诗歌。先是阅读，后是摹写，高中毕业时，诗歌习作已成一册厚厚的手抄本。那应该算作诗人的处女作品集了，可惜年少不懂“敝帚自珍”，后因多次迁徙弄丢了。

“一段日子不写诗，人就觉得缺氧。”如此抒发对文学写作的挚爱，简直有点振聋发聩的意思。但了解国栋的人知道，他这话是掏心掏肺的。“生活如诗，诗如生活。诗歌是心灵的一个庇护所，是诗歌支撑我走过生活的藤藤蔓蔓；诗歌是生命中的灯盏，有诗在，我就不怕夜路漫长。”这是诗人自白，也是惟妙惟肖的自画像。外表文静的国栋兄，内心涌动着火热的生命激情。长期保持着几项爱好：游泳、健身、参加合唱团、诗歌创作、自驾长途旅行。若要依次排序，写诗当然位居“C位”。今年暑天他驾车偕夫人远赴重庆武隆一处幽凉山村，说是好好陪妻子休闲游玩做一回神仙。结果，二十多天多半时日猫在屋子里捕捉灵感，捣鼓他的《太阳诗集》。贤良妻子虽然理解夫君那份文痴心肠，也免不了嗔怪：你这哪里是旅游？分明是安扎诗歌写作营地来了。

读国栋的诗，咂不出多少技巧上的标新，题材上的立异，也品不出如何厚重隽永的内蕴。完全是生活写意，随心所欲，有感而发。一山一水，一草一木，一人一事，一古一今，甚至参加一场歌咏比赛，赤裸肩背晒一场太阳，得一次感冒，看一本台历，与邂逅的旧友在成都街巷里吃一盘夫妻肺片……世间百事万象，在国栋笔下皆可成诗。走进字里行间，很容易感受到他一颗诗心的质朴、本真、善良、惆怅和款款深情。

国栋始终坚持让写作跟着本心走。每年新诗韵成上百首，朋友圈里发一发，自媒体上推一推，文朋雅聚诵一诵，有灵犀相通者你来我往鉴赏交流，便十分知足。

光阴荏苒，转眼间，诗人发际悄然漂染了岁月的霜雪；日积月累，心间笔下流淌出来的诗章已逾千篇。近些年，有了择优成集的雅兴。编辑出版有《诗意青春》《与文学相恋》和《星光诗集》等文学作品集，出版有个人诗集《蓝月亮诗集》，眼下，新一册《太阳诗集》又将付梓出版了。国栋的体会是：出书当然费心劳神又花钱，但值当。一是可以汇集多年的创作心血，让自己苦心滋养出来的文字别再走散了；二是朋友（尤其是文友）交往作为伴手礼，平添一份君子之交的雅逸；三是书桌前放一册，有时翻一翻，嗅一嗅独具魅惑的油墨芬芳，能享受一点小自豪小欢欣；四是留给后人，也算是一份非物质文化传承呢。

看看，真是一个执迷不悟的文痴，情深意重的诗歌恋人！

2021年11月2日

（潘鸣，四川省散文学会副主席，省作家协会全委会委员，德阳市作家协会主席）

自序

热爱即彼岸

中学时就热爱文学，然后一辈子坚持，但这并不一定是优点，要到达文学的彼岸，浪高水阔，我只能以弱小的舟楫渡自己，任何时候，只要还有想象，灵魂都可栖居于爱和诗意里，就无惧生活的悲苦，内心始终宽敞明亮，热爱即彼岸。

生活如诗，诗如生活。诗歌是心灵的一个庇护所，是诗歌支撑我走过生活的藤藤蔓蔓；诗歌是生命中的灯盏，有诗在，我就不怕夜路漫长。在与一位诗友交流时，他说："一个人，如果长时间不写点什么，人就觉得缺氧，只有在写作时才能享受到情怀与智慧交织的愉悦和满足，体会生命思考与发掘的意义所在。"对此，很有同感，我以为苍凉是人到中年以后的必然，也是最好的诗，风花雪月已经走远，快乐是肤浅的，冷与痛才会给人生以分量，唯有时间可以抹去伤痕，给诗以灵魂的深沉。

在诗歌的写作中，我常常感到，是需要沉浸在自我生命的感悟里，让诗歌有个人的呼吸与体温，以我有限的阅读视野和个人爱好，把自己的心理用诗歌的形式呈现出来，丰富我寂寞的精神生活。写诗容易，写好诗难，现在，我对写诗越来越有敬畏感。

我的很多诗都源于我所经历或感悟到的那些平凡的生活，

这种切身体验和痛感的诗意，在细腻视角下那颗悲悯的诗心展露无遗。在凡尘世界，我们都是尘埃，但阳光依旧漫过我的额头，像尘埃一样活着，这本身就是一种诗意。

我在诗歌的写作上，多以叙述入诗，力求拓宽诗歌视野，让诗歌从纯语言纯抒情的泥泞里得以脱身，让诗歌既有一种文本支撑下的鲜活记录，也不乏情感饱满，意象纯正，时代感和形式感俱佳的生活再现，按照自己内心中长期沉淀出来的一种诗观，生活和创作，意在能够形成属于自己的一种创作风格。

写诗的初衷不是为了什么利益因素，只是为了一个方向，为了远方的一束灵光。就像一个真正的农民那样，一个默默耕耘的人，他的播种与收获，是自然而然的事。感谢我所生活的美好时代，让我至今还在文学里不屈不挠地坚守着；感谢诗歌，让我至今还心怀梦想，勇敢前行。在喧嚣的尘世中，我渴望一份生命的安静，用诗歌慰藉自我的灵魂。

我一直想追求诗歌的质感。比如说“眼泪是最小的海”，像这样好的意象，其诗如酒，是暗夜的灯火，空灵而有质感有张力。有位诗人曾说过：“正如玉不是普通石头，酒不是白开水，而是有诗意的呈现。自古以来中国就有诗教的传统，诗人在生活中一定是真善美的追求者，拿出一颗心，不虚假，不无病呻吟，只要能写出自己的真性情、真风骨就好……”

写作是对自己创造力的无止境的挑战，写出一首诗或一批诗后，接下来又该怎样写，多久能出新作，往往在很多时候是无字可写，江郎才尽，我需要给自己一些时间酝酿和反思。或许，正是这如影随形不可挣脱的“写作的焦虑”，日复一日年复一年驱使着我不舍歇笔，哪怕孑然一身，走向横亘于地平线上的未知。正如一位诗友所说：“不曾哭过长夜的人，不足以感悟人生。”

这本诗集取名为《太阳诗集》，是因为前面我出版过用月亮命名的诗集。大地万物，太阳和月亮，给我们以光明和希望；星空之下，我们生活在幸福祥和的国度，我心中不能不萌生起一种感激的情怀，这也是诗心的源头所在。

八月暑天，我随夫人在武隆仙女山避暑。若问我还有什么理想，那就是去到一座山上，有飘动的云彩，盖一间庙，放一张床一张书桌，不为修行，只为“荒度”余生。

生命灿烂，人生美好，我眼前的天空湛蓝，满山青草绿树，单手托腮凝望着窗外，仿佛一朵没开放的莲花，生活本来可以一直那么美好，奈何，莲花开了，结了莲子，被人采走了。暑天盛夏，高山上的天气凉爽宜人，也会时常下雨。我打开笔记本电脑，整理我最近几年创作的诗稿，我要趁着在仙女山木根铺纳凉的时间完成它，谨以此献给我不会回来的青春和陪我走过的那些沧桑岁月，以及我生命中的亲人及文朋诗友们，我将这本诗集献给你们。

至此，感谢潘鸣主席为这本诗集写序，感谢四川美术学院教授叶万青老师为诗集提供封面及书中的插画。

2021 年 8 月 10 日
于重庆武隆仙女山木根村

目录
CONTENTS

第一辑　怒放银色的光芒

第二辑 摇曳淡淡的光晕

第三辑 布满耀眼的金光

第一辑 怒放银色的光芒

太阳日记（组诗）

1. 我在太阳下晒背

有广告语说，孝敬爸妈
康养去了攀枝花
午后四时，阳光最佳
一些老人将背晒在太阳下
疏松，穿刺，纯粹
社区广场步履蹒跚如爬
晾晒风烛残年，稚童嬉戏如花
打不起精神的大爷大妈和阳光对话

人生像农作物一样曝晒
晒到叶片枯萎，心头发黄
晒得石头发烫
生命的轮回
等待阳光切割
母亲的腰椎需要妙手修补
寻找绝处逢生的机会
感慨朽木将尽逝，时光难重回

2. 发酵生命

风起之时候鸟翻飞
泛黄的种子难以发酵
此刻的生命不再有多少秘密
午后四时，万物蝉蜕
太阳影子有些悲催
水的缝隙被慢慢掏空
夕阳会无声告白
即使伤感散尽，也不见木棉纷飞

阳光下，我看见一只
七星瓢虫在草丛中拼命哮喘
荆棘中那些众生
走不出脚下的栅栏
一对搀扶的老人
脸上虽无血色，却也幸运
曾经的梦想已渐渐远去
这一刻，瓢虫似乎还在杂草中呻吟

3. 细数日子

水鸟在岸边喘气
我背对着太阳，将日子
荡漾在紫外线的声波里

传说攀西的阳光
可以养老，也可以疗伤
小广场不停翻晒的拐杖，此刻
苦难的回声走过光芒殿堂
有些从远方退养，有些是来索取康养

围着年轮转圈
夕阳所拥有的维度
折射出一只又一只透明的盒子
悲与喜越来越清晰
只有照片上
才能忆起他们昔日的身影
混沌中把日子细数
有些时候孤独无助，漂泊如云

4. 带走残云

落下的太阳
坠落在十字路口
光阴势必将带走残云
影子会提醒木讷的眼神
横生成桥，立地成佛
我在颤动，在下沉，不是所有的人
都能晒后背，有的已在地下一层
那里，或许也有宝莲灯的照明

一些晒着的背影
在光影中不言语
候鸟日子并无多少诗意
正如一束光阴回馈沧桑的生命
命运透视尘土如泥
陌上花开，可缓缓来归
普达阳光提炼传说中的康养爱情
世界何日重归宁静

5. 冰冷的腊月

等不到月亮换岗
有人会用一壶小酒
灌醉额上的皱纹
尘封的往事，没有颜色
爱和恨消散了脚印
路旁 105 路公交车招手即停
爱心卡相伴无色的生命
一条缝隙，只为安葬冰冷的腊月

寂寞中搀扶凹陷的手掌
在人生中途
陪伴老人是上天的眷顾
昨夜走过的那些路
是否会交给透明的阳光谷
无人知晓也无烦恼

太阳，在攀西厚德载物
攀枝花康养铸就长寿之路

6. 腰椎间盘突出

纵有一座山的伤痛
我也相信只有阳光雨露
生命脉动才会永续
守护仙人一样的顽童
等待后背晒成绿萝，点石成松
躯体的死亡或是永生
在一束光芒下，消身遁形
而那些候鸟的后代还在寻找暖冬

将久晒的背景转入黑暗
我看到信仰，迷茫和肢体麻木
连同萎缩的骨头
都叫不出一声疼痛
于是，也就无从妄谈孝道和轻松
就像腰椎间盘突出，晒背
可否抚平心灵，为生死打下赌注
我唯一拥有的是午后四时太阳下的孤独

7. 叩问生命天堂

没有太阳的背后

生命也不会从任何地方涌出
我一直在虚无中穿越
透彻无数迷雾
梦幻中闪烁的太阳
如果以死亡为代价
那么成长的废墟
迟早都会关闭圣洁的光阴

应当铭记生命的天堂
蓝天会在梦幻中继续呈现
即便是黑暗的泥土离我们很近
思想和灵魂还能拥有
曾经的苍白和痛楚
更多的繁华存在于我们的身后
午后隐去的太阳还会存活一万年
太阳下，长长的路慢慢走

8. 往事并不如烟

我们像挂在日头上的钟摆
以为换个位置
月色出没的地方就是正午
往事也并不如烟
意象中的景深都像石头一样
等七星瓢虫返回的时候
哲学不会像诗歌那么形象

天空下，理想的秩序不是乌托邦

我不知道自己，还有没有朋友
那些逝去的人和事
我不由得小心挪动后背
晒背便是刷新，炙烤如同断交
生怕每一滴汗水都走丢一个生命
而当我一身轻松地站在广场的花台上
便能够理解炙烤者的隐秘悲伤
有些情节在一首长诗里闪着白光

9. 绕过那些石头

有谁在意发高烧的石头
万千刀划铸出不朽
一些老者正在夜色中赶路
绕过那些石头，远离人间去追风
愿为丢失的光阴殉情
将伸出去的手，试图依靠
命运的底色，接受天空的邀约
也无从体验那些虚无的白雪

追风，身体里长出的火种
化成的那些灰烬，都成不了符咒
可是，经晒坝上的风一吹
从此人们就再也不见了鬼怪的影踪

在太阳落坡的黄昏
我拖着疲惫的金沙河谷
向着五颜六色，奔向绵远河
晒背抖落的影子任由灵魂摆渡

2020 年 1 月 12 日
于攀枝花市东区湖光小区广场
每日下午四时陪老母亲晒太阳

唯见东圣道生一

——写给东圣酒业的歌

那夜，东圣正下着小雨

我看到无数的创意和酒
在开拓生活和诗意
今夜在绵竹酒与诗歌的对话
方有村舍炊烟袅袅
文学与酒，战略合作手挽手
走进钟董的接待厅
瞬间暖融融，伸展的长廊
像田园散发着氤氲
一罐陈酿道生一
你说，好酒要先闻后品
温文尔雅，小桥流水
还要喝出酒中的文化和寓意
此刻，如果我是酒徒
那么你便是酒仙
我在薄醉中听你讲传奇
漫忆当年漏船载酒
感知你在方言中酿制乡愁

想象，曾经岁月
惊艳一波三折的沧桑
独饮狂沙，运筹酒事
手中的杯子我端起又放下
欲说酒好是废话
道理如同清澈的山泉
经历所有的年份
针眼，穿过几条大河
一滴琼浆似大海
黄河之水天上来，今夜
似乎要放出海量，饮下五湖四海

相信诗酒的魅力

一桌家常菜，在你的雅厨
我亲自喝你亲口说的
三十年老酒滴滴如黄金
你说黄金有价，美酒无价
而我曾经醉倒在梨花沟
之前是天之蓝或是大地魂
相信酒的魅力
可以喝出国际水平
品尝酒糟腌制的老腊肉
你端起酒壶和众文友碰杯
说人生能有几回醉
好酒祛寒不伤身

春秋战国，常喝壮身体
灵魂的容器与酒杯
喝下去的都是快乐和尊贵
绵河水都知道你上了六所大学
五十好几还要勇摘金桂
古风穿过冷艳江湖
水之灵和酒之魂
当美酒邂逅，该举杯时就举杯
酒炼成钢，醉步踉跄
哪怕未抵码头，心中自有渡口
雅兴忽来，豪情赠人
诗下酒，不言新愁或旧愁
你还说52度是好酒
从此后，借着东圣的酒劲
可以倾情，可以燃烧，可以怒吼
今夜真是开心，今夜喝的也真是好酒

情与酒浑然一体

雅宴席上，品家藏
俨然如消亡的行星
道生一，情与酒浑然一体
夜幕下有稀疏的狗叫声
雨水踩着树叶，一阶一阶往下走
酒桌上，一壶又一壶告罄
纵横天下事

似乎，有些事
都在用酒水调配
此刻每一滴香醇
都是祖宗朗朗的声音
其实谷壳库不会牵强附会
脸上漾出的微笑指不定
会演变成一种
难以把握的修辞
毕竟，酒曲酿出的冬雨
还是可以删繁就简
月亮井，晾坝区，甘泉蒸煮
曲药和粮食点化生成
今夜有没有月亮都不重要
头酒中酒尾酒
存放些时日便会芳醇
正如诗歌中的酒味，绵柔回甜纯正

无须问血色疤痕

灯影下，和钟董一起喝酒
同桌有人将昨天的醉酒
加到此刻的剧情中
就像创业，修炼心经
存留是肉身的唯一乡愁
是夜风飘细雨天很冷
什地寺，月亮井

《黄帝内经》八卦五行
界碑下的故事值得玩味
在此地，可以体会酝酿的哲理
大道至纯，返璞归真
早在唐朝便有丰盈的水声
雨水像个小男儿
酒便是爷们儿的粮食
人生大笑能几回
能醉人处且自醉，莫问为了谁
喝过东圣，纵使写不出《诗经》
也要拿得起满世界荆棘
倘若提壶痛饮
无须问，血色或伤疤
今日酒，今日醉
做人不要活得太疲惫
岚风习习，高粱和黍米
折叠相爱的过程
醉过的夜晚，依然还是夜晚
凤凰树下那株梧桐
会记得，会稽到长安
汴梁到大理，都曾喝大过
可是，前行的姿势仍然在奋进

坚守，方可冲破藩篱

品评东圣陈酿

金奖尽在苇叶之后
有米和黄豆
温软的草地上
长着几棵棕榈树
高出了什地山
主流频道还说
你是川酒新金花
批量的罐装早已入市
蜂拥而至的人流
簇拥年画系列酒
挺进澳大利亚
那口感，定会很醇厚
金币似的夕阳，流畅，醇香
国际大赛竞风流
人民和车辆开过绵河
村庄里的阳光或唢呐声
似如梦中的满月
清空了背影和暗香
后来，东圣建起了党支部
集团酒业，发展就有主心骨
发酵的过程，虽然
我们难以掌控
包括温度与湿度
但只要冲破藩篱，就可坚守
往昔已去，来日定会风生水起

文酒融合道生一

我是过客，凡人
悟不透一部
经书里蕴藏的神灵暗语
东圣源，泰酒坊
五都道士送酒成典故
坤明酒技承先祖
文酒融合道生一
国货一展中头奖
年画酒，闻名十府九州
梦里挑灯唯见琼浆流
谁可解读一树花开的秘密
甭管人间有解无解
火花点燃酒里的光影
风雅颂，硬骨柔情
畅饮间，谈笑歌成诗
个中滋味，酒事杂陈
春秋与唐朝崇拜英雄和鲜花
白露唱歌，乌鸦打铁
迷惑中，不问今夕何夕
借着屈子风骨，天马行空

今晚是王者狂歌痛饮
喝到云梦古泽清失

啼哭千年豪情
包括喝高了的醉影
钟夫人说在座诸位且停杯
都请在钟董的那本书上题字留名
以飞翔的姿态，静观东圣演绎绝佳风景

2021 年 11 月 1 日

歌赋，江风楚韵

1

江城武汉，我来了
在十月的黄金周
我来看儿时的伙伴老同学
乘坐飞奔的高铁
人流如织，一张楚国的版图
穿越千年时空
晚秋的楚乐合着年轮节拍
血脉的记忆定格在商代盘龙城下
听江城蒹葭苍苍，白露为霜
问荆州所谓伊人，今在何方
我找遍楚国的山峦、水泊和码头
汉阳诸姬，风中的绝色楚韵

2

我沿着父辈生前行走过的线路
远望龟蛇二山，大江东去

行吟浅滩，奔走圣贤的河岸
浪的思想开阔漫长，那一望如泻的江滩
黄鹤楼前满庭芳，流恨千古感伤
遐想神农架，炎帝高歌酒市忙
楚国的编钟大音茫茫
生命的撞击金碧辉煌
我仿佛看到楚军身披铠甲，威武列装
梦醒瑰丽牌坊，听得楚人南公语：
楚虽三户，亡秦必楚
熊绎身披战袍，横刀立马
有谁还能记起荆楚那一路的灿烂和疼蹙

3

千里江陵陪伴江城河堤
动车穿破猿声鸣啼
我的口袋里装满江水的波涛
任凭罡风呼啸，浪淘尽
腾空的火舌穿过赤壁
卷起千堆雪，黄昏顿起惊涛拍岸
敞开的楼窗能吞噬多少风雨
撩起古今多少愁绪，安静高远诗意
从夜里醒来的沧桑，高飞了鸟鸣
我感慨汉中逐鹿，曾经谁主沉浮

4

我站在蛇山之巅，遥望天下名楼
长江大桥直插云端
喧嚣黄鹤台，惆怅亦无数
清风明月的时刻，你穿越千年的城池
仗剑执戈，鲜衣怒马
我为你摇旗呐喊，良将呼
只要能让我娶楚国公主回江东
我宁愿参加招亲比武
将军的铁臂划破蓝天
哪里是天子分封的疆域
战马嘶啸，立于天地
赫赫威名，晴川万里
夺下周朝的封印，划出楚河汉界

5

翻开一座古城，夕阳着色
潋滟了东湖灵性
不管你愿不愿意
我依然在长桥边等你
你的秀美，十里枫林磨山挹翠
湖心停泊的一截枯木
是我能看见的船帆、樯橹、人影

楚辞汉赋，言说历史本来面目
三国赤壁，尽演春江序曲
襄女身披貂裘，手持神鞭
三千绫罗绸缎，一曲古筝伴宫阙
裹起盛唐的晚装，沐着习习凉风
我束紧风衣，炽热的心
被风冷却成青铜玉器
风起汉口，我欲乘风归去

6

追溯三千五百年蒙昧原始
筚路蓝缕启山林
春秋战国城
高山流水钟子期，知音绝唱
东汉铭文看梦天风雅颂
楚庄王饮马黄河，问鼎中原
属夏抚夷，三国竞风流
楚中江汉，开埠汉口
一声枪响武昌起义，浪湖腾越风生水起
屈平辞赋垂日月，楚王台榭空山鸟语

7

站在王朝的肩上，感受千年的承传
一只白鹤转眼不见了踪影

枯藤老树昏鸦的诗句
歪歪斜斜直逼古老破碎的文字
让一些忍得住寂寞的器皿
继续孤独远方的思念
站在蛇山和龟山之间
我必须双膝着地
贴耳静听烟雨莽苍
世间诸事空遗楼阁楚天长
一座快速奔跑的大桥
如果可以选择那沧桑的长臂
岁月俯仰愁古今
云边落木，千年后长江依旧向东流

8

我如山势吹过来的风
穿越首义广场亲点武昌阅马场
走近孙中山像至黄兴拜将台
感悟一方，心事万端
落日余晖下的荆州大堤
铸造江城两岸金碧辉煌，汉阳造
归元寺普度以德
我触摸基座，匍匐在久远的朝代
顺着青砖缝隙摸到一片一片声音
阴冷潮湿，古人不愿与我相认
一片水声远远躲避夏商更迭的战火

9

木兰天池锁石门
悠远古道，仙气入青岚
空山不见人，但闻溪流声
晴川历历汉阳树，芳草萋萋鹦鹉洲
东望江城，西看长安
江城十月樱花树，千年离愁
黄鹤楼上吹玉箫
寂然淬火让深埋的编钟复活
击拊石磬，神与人相和而歌
月色西沉，历史沉寂在青铜的造型中

10

我站在古时的风尖汉口
遥看江城辉煌
在落日散成的彩霞里
我欲伴江流远帆
东至鄂州，白沙洲头
北及荆襄古孝里，南入洞庭岳阳溪
千里沃野，仍凭寂寞的河岸
怀着狂欢之情，叩弦击壤
吹着飘零的笙箫，心向远方

2018 年 9 月 26 日

中江城郊花满山　二〇一九年摄

精彩还将演绎

职场或光阴
较真，是也不是
闪亮或褪去
穷其一生的努力
做到极致，小心了又小心
无数的材料，精要方案和讲话稿
最终将会终结
终结的不只是职业

那是些尘埃飘落的日子
我在公交车站等车
那将是我一生中最后一次告别
我苦心奋斗了四十二年的岗位

我把一生的缘、情揣在怀里
望着缓慢的车流
就在我收拾办公用品
打点行装之时
就在我激情四射的地方
一辆车缓缓驰来，那么慢那么难盼

向我的电脑办公桌

书柜长沙发看上最后一眼
像我的歌声在做最后的诀别
清理文件，整理资料书籍
像我伤痛的心在抽搐
最后一次将往事打捆
四十二年，仿佛一切都发生在昨日

这里是我年轻过的地方
那一次次的会议活动考察学习
那些起草的文案，成捆的手稿
如今已如枯萎的花儿
曲终的结局向我默默无语

时光就这么无情无义地掩埋了它们
也淹没了我自己
往后，也许时光会带着我
到我一生都没有抵达的地方
我把一些破碎的往事
和几本工具书拼凑在一起

我将拾起我的心情
就在此刻上岸
有如盛开的雪莲花一样温暖
白鹤飞去，翱翔远方
只要还能记着前行的路
人生还将继续精彩还将演绎

2017 年 12 月 29 日

看着台历数时间

现在，我有的是时间
看着台历数数别人和自己的时间
是我每天的工作
现在和过去的时间有所不同
以前有人追赶，“压力山大”
无事也不敢偷闲
退休后的时光变得迟缓如山涧溪流
在都市奔忙中自由流淌

看着别人的时间是泥沙俱下
数着自己的日子才是正题
心中算的总是小事
有无动作不协调或是老年痴呆的前兆
现在终于有时间和心情替自己打算
把过去丢掉的时间理一理
融化于风景悠然中
那年夏天到上海东方明珠跑了调
在北京皇城根下
追逐虚名差点丢了魂
到大连那个雨雾的早晨看见了棒棰岛

有人说你人老心未老
老在外面跑，很有可能耽误了
升迁和评职
看着台历数时间
兴许就是回到人生最初的状态
时间和太阳都说很脆弱
尤其是到了老年，总是怀旧
回到故里也不愿落叶归根

在田野的阳光下和公园的小溪旁
采些野花带回家
老农说经过霜打的可以入药
遮风避雨调理心情
多看台历记着要用手多数数
心安理气、开胃健脾
一切皆有可能，血压涨了底气没了
但凡世间的事都将过去

2018 年 3 月 25 日

漫友四君子

XY 君

淑雅美丽
正如你的名字
星月，熠熠生辉
图书馆浸透的你
有如一本线装书
中慧而外秀
痴情，将情感的终点
化为月光的纠结
那诗集中的诗行
却镌刻在东山上
日月风霜写出的坚韧
总是善感浓情几分惆怅
骨子里的清高
可以书卷出好多好多的故事
品味还需慢慢
那一抹嫩绿总是藏在时光深处
娟秀如小家碧玉

恰如你照片中的眼神
朦胧而清澈
有谁能记得
那年那月那日的柔情
锁住你淡淡的笑容
如一朵莲花的绽放
似儿时的石头剪刀布
小乖小美真好玩
其实生活中的你很爷们
你是女子中的君子，漫友好兄弟

XM 君

清新靓丽
一生如白牡丹
高冷不可嬉戏
曾经，精彩绽放三尺讲坛
体制内演绎
好似巾帼不让须眉
深远，阳光涂抹清辉
总以为静下来
可以倾听自己的声音
与灵魂对白
活出更真实的自己
同窗的你，那时如巫峡美女
走进烟花三月的雨季

如果有久一些的时间
品评，如月的依恋
柔风习习
融入故乡的温情
刚中有柔
面容守住儿时明媚光阴
发现了，会像蜜一样
酿着浪漫与诗意
亦是漫友们的福气

YX 君

激情好战
十足的帅哥
男生中的英俊才气
思辨，不止是金融指数
山城打拼的 K 线图
演变着未来的思考
想象膨胀大脑
智商与星月等高
口舌论战，群狼无敌
力量绝不是简单的加法
你是森林法则的傲视者
线条和数据融通
成就了自己的领地
纵论天下大事，秒杀三季

是古风新意还是行侠仗义
说尽人间万象
闲聊中，穿越到秦朝吃顿饭
一个春秋就收拾掉
世界的每一个角落
如今，有如一位
在前线指挥所打盹的将军
灵魂让梦想飞翔
自己的世界做自己的王

WQ 君

你古铜色的容颜
厚重沧桑
你站在台上是教授
身在漫群是沉思的辩手
身体穿越内心和眼睛
掉渣的青砖
将年份挤碎后又黏合成画轴
泥土院里
岁月蹉跎成
工笔刻骨豪放写意
塑成斑驳岁月
刺向雾霾笼罩的天宇
腐朽化神奇
刻刀复制春色四季

揣着乡愁
雕琢有灵性的生命不分男女
年龄上抖落的那些筋骨
早已打磨出一副硬骨头
苍老与灰色
匠心独运呈夕阳色
实诚求索你所有的困惑
铸成生命的哲学
一生，将细节铸成永恒
一路把桃花留给沉香
记住藏在落叶下的脚印
或许只是为了抹去自己
乡间别墅可以演绎成万般风情

2017 年 10 月 12 日

塞班岛风光 二〇一八年摄

我是谁

曾经千百次寻问
我是谁
我，或许是一个
不著名的诗人
一个文字的喜爱者或写手
我用心灵之笔
抒写胸中的真情

我，也许是一名教师
不，也不是
我的心灵之窗
还做不了灵魂的工程师
仅仅在无形的讲台上
宣讲着——静静的忧伤

那么，我是一名很好的编辑
同样不是
我心灵的键盘
只能敲击出一个个字符的平淡
扶持着一批批——稚嫩的幼苗

把精彩都给予了世界

若要问，我究竟是谁
我将心扉坦露
如果有人能察看到
冰凉如水的心
在竞逐前行的路上
或许只是修路搭桥做嫁衣的小马仔

2018 年 7 月 2 日

相隔一把伞的距离

那一年，在故乡的东街
天上飘着细雨
你打一把小红伞
红晕下我认出了你

细细的雨洒落一地
伞下的你
面颊绯红好美丽
身边的行人都撑着伞缓缓向前去

你惊奇地发现并问我
何时回的故里
我说，刚到
我们都不曾想到在此相遇

说话间，我把头侧向另一边
注视那些
渴望雨水浇灌的枝叶和柳絮
雨，就在你我之间
斜斜的，相隔一把伞的距离

当时，我真想告诉你
雨夜傍晚后，明日
我将离去
也许今生，仅此一次
我们在雨中相遇……

2017 年 7 月 21 日傍晚雨中偶思

一路流云向西

——致流年的同窗

悠长的阔别，今日终团圆
曾经挥别的手
再相牵，是生命的真诚
回到记忆起点
心相连，肩并肩

远方归来雁，尽思念
曾经青涩的脸，换了容颜
只为相聚的守候，望穿眼
看胸前挂满誓言
说不完过去，道不尽别绪
别梦依稀长夜不眠
跟生活打拼，让命运磨炼
经年风风雨雨，矢志不渝
从少年到流年一转眼

瞿塘月影，白帝风烟
古城遥遥游子云
从出发地找寻儿时知音
沿岁月曲径，数尽豪情足印

多少同窗发小，多少同桌乡音
非血缘，聚若亲，畅叙手足情

聚散匆匆，归程如风
梅溪河畔水依依
帆影别绪情悠悠
挥挥手莫回头，一路流云向西
相聚是今生的唯一
邂逅是往日的期许
夏风送走小溪，翠竹亲拥细雨
啊，别了我亲爱的同学
我的兄弟姐妹，还有沉默中的你

2016 年 7 月 18 日

远方的阿夏

我在泸沽湖
头顶上飘着的彩霞
疑似你美丽的脸颊
晨间湖面漂荡着的白花
多情而又纯洁无瑕
湖水宁静湛蓝里
好似你忧郁的眼睛
湖边的风
吹过你皎洁的背影
这里温柔如夏也如你的倩影

湖中的白云
可是你散落的裙带
那青山间缭绕的缦纱
让人看不清你纯情的面颊
我用深情的眼神将你注视
你却用火热的笑脸
给我另一种光华

湖边品茗的游客
只想静静地坐在你身边
目睹你淡淡的忧愁
滑落在唇间
想起曾经彪悍的土司
骏马挥鞭
迎娶他心爱的王妃
如今的欢歌笑语
荡漾在湖边
不知你是否能听见

岁月带走了尘世的烟云
唯有你还是那样静美
不老的容颜
如水中的弯月
波涛拍岸的声响
还是那样闷响清脆
咚咚咚的声音
那是为了谁
若是思念，那又该献给谁

2016 年 8 月 14 日于泸沽湖

珍藏一树叹息

——给叶子

今夜，我无意
摇落一地星辰
时间里升腾的青烟
化作一朵白云
一树金桂浸染发黄的时光
当世界变得很唯一
于惺忪的夜晚独醉
也许，我的幸福珍藏一树叹息
垂钓时间和大风
午风吹来桂花香
深宵，使语速变得很重

模样在寂寞中成长
纵有一座山的伤痛
也只有太阳能治愈生命的脉动
安详，在大门口绝望地发芽
月亮用银色的古碑文
描述虚无的世界
田野都已黯然失色

命运在炊烟里像一曲民间小调
醉后清风不怨我穷
狂笑回到澎湃的山峰

2016 年 2 月 9 日

追问童年（组诗）

童年是梅溪河水里的小鱼
自从流进长江游向大海
再也回不去
因为后面早已筑起层层大堤
河道已被拦截
童年不可能逆转
不经老的世界，不能倒流时间

童年是路旁的小树
长成大树
细数年轮一圈又一圈
却不见了最初的那个圆点
童年是枝叶花朵果实和中间的核

童年是许多的梦呓
夜晚经历过千百回
到了白天都不可追忆
即使用手中的笔或键盘
也书不尽童年世界的瑰丽

故里变了模样

若时光倒流
时间会眉清目秀
故乡那条静静的河流
我带一口袋乡愁，撒在古道口
枫叶在古驿道张望归期
灿然若云，迎接着我的风
在母校门口吹拂

背影里细数成长速度
往昔已流进小河的裂缝
几棵当年的黄葛树，顺着小径的足迹
走进我思乡的诗行
新城的后山上，那已不是我
依稀可见的丛林，只有那梦中的呓语
还掂着那美若桃花的绚丽

重回故里，游子与夏虫齐鸣
全部挤进了家的概念
喂养出山的高峻参天地
那些陌生而又熟悉的面孔
还能，接纳我有没有看见街邻走失的
嗟尔幼志和那些往昔

还有那个六指孩童，童年的伙伴
那儿时的记忆不再草色青青

梦里还乡

多少年，离别两茫茫
沉思量，自难忘
千里相聚，无处话衷肠
纵使相逢不能语
只在远处细打量

尘满面，鬓渐霜
夜来梦里还乡
灯光下，只见梳妆
相顾无言，唯有心中诉说
哪堪无数载别后时光
明月夜，倩影悠长
故乡，花期已到
却不见同桌的阿芳

在我的生命里
娇羞，没有了故乡小巷
寂静处怎堪回首
还有那些关于
老街的记忆
怎么也串不起童年的点点滴滴

2016 年 6 月 26 日

广西北海古街　二〇一八年摄

做蜡烛更要做火种

既然选择了教师
就无怨无悔
做蜡烛更要做火种
老师，既要点亮别人
也要荣耀自己
向青草更深处
用激情点燃激情
如能交相辉映
何必化作灰烬
既要成就学生
也要发展自己
教育是，一棵树
摇动另一棵树
一朵云推动另一朵云

教简单的书
做纯粹的人
要善待每一位同事
守好一亩三分地
放学了，想写就写

想唱就唱
给自己留一点独处时光
不怨天不尤人，心向光明
只要身体健康家人安康
为自己写一点无用的小文章
诗在当下，远方也在当下
努力，只为了我们想要的明天
没有当下的开始，远方永远是远方

2016 年 9 月 10 日

守着木根的光阴

赶集，买菜，听集市喧嚣
转山觅花，看云雾缭绕
游周边的风景
在乡野村落
一次又一次深呼吸
避暑，无端悠闲地度日
当我黯然醒于，这里
没有繁华的酒局
因为我的来路
已被彻底封闭
脱离俗世肉身
背影守在重庆武隆木根铺
串起过去、现在和未来的日子
恰逢乡村振兴后
所思所悟，皆在自然行走中
每一天都是那般静默、安详和通透

我知道，即使入了秋
我也不能原路返回

那一阵又一阵的仙雾
总会守在映象武隆
残墙的一隅与光阴
即使是山高路陡
时常坐在松林里大声地吼
听松涛阵阵，与古柏对话
有时与猫咪一起，站在阳台
凝望木根菜市的人流
守着光阴中的木根铺
有时会像在做梦
湖面之上，山峦、飞鸟、苍穹
每一棵树、每一片云都想倾其一生
投射成湖中的倒影
山溪清澈透明，野花竞相绽放
远处飘白云，后山有牛羊
不知是在传说里还是龙的背脊上
在木根铺的日子，味道甘冽、醇厚

我们在武隆高山上
城里的人，山里的景
满眼清清的绿
在这里，我感到时光宁静
可以尽情地编排故事
把酿造的伤口用酒精再次涂抹
与夫人在无言的相守中沉醉

真该庆幸，一些人
没走进仙女山的巅峰
但我却一边吃高山上的蔬菜
一边修补肉身，一边救赎灵魂
写诗或看田间的老农种地
突然发现，我身边的老婆
她总爱絮絮叨叨
其实，她的唠叨
不正是我醉后的解药
她知道我总爱写诗
总说那不能挣钱不能当饭吃
我也知道她不懂诗
但她却是我生命之河的守护神

昨夜风狂雨骤
拉开窗帘，透过蒙蒙的雨夜
大山的血管裸露
而我是浓睡不消残酒
只有早起的菜贩子
鸡鸭的鸣叫
和吆喝声会将我吵醒
晨光中的空气很清凉
我凝视那些缥缈的雾气
和远山的轮廓
眼前的乡村一片波光粼粼

在这个泥泞的早晨
伸手向深山，再去亲近一下
被雨水洗净的山林
让我知道来处，更要知道向何处去
不再沦陷于自哀自怨的境地

2021 年 8 月 14 日

享受阳光，享受歌唱（组诗）

顺着风的方向

金秋时节，我们走向邛海
鱼儿跃起的水面
歌声生出翅膀
都在云端之上
享受阳光，享受歌唱
但一阵风过，鸟儿们
闪烁如诗歌的翅膀
树叶散发出耀眼的光芒
流水拽着水草
湖水清澈明亮
追着白云的天空
守望芦苇、山色、湖光
生活不只是沉醉
还有我们对海的渴望
山川、湖海、倩影
邛海的美，虫鸣都是好听的声音

白云在天上

风儿不停地吹
悠扬的歌声唱给谁
阳光，是饱满的向日葵
我们敞开心扉
体味滋味中的放飞
触摸白云，叩问自己
一生途程颠簸前行
夕阳醉美可否忘情
你我的表达无须词汇
疲惫连接着柔美
鸣笛告诉正在赶路的云
岁月如歌，苍茫轮回
有人牵手陪伴一生的女人
凝望彼此，目光体会
一起追忆早已逝去的青春
在湖滨，有人正在书写头上的白云

迷路的星星

清风拂过，绿波荡漾
在月亮之都
太阳穿过指缝
阳光火辣而纯粹

湛蓝的天空
和湖边的那片湿地
有些波光掠金
人鸟水草一样浮轻
在碧蓝的天际
苍凉，是另一种美
此刻，我能带走些什么
金秋的邛海
还能盛下多少蛙鸣
收拢心中的阳光
无须再呼唤，再呻吟
听风赏月，我像一颗迷路的星星

放空胸中的山水

在邛海，任由心儿流浪
换一个洁净的沙滩
或是可以歌唱的地方
像那湖边垂钓的人们一样
把寂寞忧伤都赶到天上
我愿我所有的歌唱
都充满阳光
不是涛声，是晚归的钟声
心如醉，月光如水
穿过尘世，云海苍翠
趁现在还有期待

我会把我的歌儿告诉你
踏着夜色不眠的脚印
放空胸中的山水
方知没有哪一座山
会在一朵花的世界里凋零

今夜，风会告诉雾

一些人在心底
复活着一阵阵涟漪
但有些声音却只
停留在命运的浮萍上
握不住一缕擦肩而过的风
但可以收集阳光雨露
岁月浸染，万千回眸
野花和草海
穿过梦中的池塘
似乎，天上的水随时会落
万物唯有承接
在梦与醒的间隔
柳条同时高飞
声音，似乎要将邛海吹瘦
今夜，风会告诉雾
歌声和阳光就是我们心中的星空

2021 年 11 月 5 日

劈柴喂马，大隐于市

如果，躲在流淌血液里
可以聆听脉动的声音
潜伏于水，守住内心
不管今年的冬天是否下雪
都不在网络上发声
闭门造车，盲人摸象，关闭灰尘网
在台镜里对峙自己
哪怕越过自身的局限，一路黯然
在这个互不披露的世界
无须显山露水，也不去鬼鬼祟祟

用一段时光，从朋友圈消失
将自己大隐于市
藏匿，像小时候过家家
捉迷藏，潜身于陋室箱柜
不上 QQ，不点微信
梦境中无须正视虚构的现实
躲在自己的格局
将遥远的光芒，看成一种隐喻
不发抖音，也不上社交平台
让日子沉没于池塘、山水，消磨自己

突发奇想，脑洞大开
用文字筑垒文字
眼神对过眼神，不上网不传情
甭管别人有多少帖子
晒出多少图片
发表了多少文章写就了多少诗章
也不参加一片颂赞的诗会
我用诗性支撑的骨架
给微弱的火炉里添加些许柴火
劈柴喂马，置身世外桃源
夜阑卧听风吹雨，铁马是冰河也是你

在一丈见方的小房发呆
任由自己的身体潜伏在大群小群
不发言不现身，不违心点赞
有故交相约，也不理会
就让那些无谓的社交
都归隐于梦中视频
在寒冬里喝酒，不聊天不发声
不向远处的生活讨要怜悯
在坚硬的内心开一扇窗

守一方宁静，抵御周遭的喧嚣
拒绝落日，思考来之不易的光阴

2020 年 12 月 30 日

铜山札记（组诗）

——拜谒先贤苏舜钦故里感怀

1. 积学广福

四月十五日
在中江广福采风
与文友泛游
狮子山麓，铜山三苏
玉江河畔石刻无数
眼前，我看见广福学子
有一队训练有素
如军营方阵
齐声诵读友人
填写的《苏舜钦赋》
那声浪那气势恢宏
长风志远，积学广福

狮山下，悬崖或溪边
散落的文化
呈现于眼前
金锁桥、玉江桥

挂金鱼桥三桥连绵
学经史子集，习八股文章
广福校园内播种的那些福田
增色，景观补壁励后昆
苏进士举荐为集贤殿校里
铜山书院，至尊上国
玉江润育一代傲骨

2. 觐见先贤

中江广福，古为梓州铜山
曾为北宋文化一隅
苏舜钦，字子美
千年之后的晚生，在此
觐见先贤，皆因
广福的那一轮皎洁明月
从县志里，我找到了文脉千秋
一撇一捺都很沉重
在千秋亭，偶遇子美好友范仲淹

他知道，你是一个没有江山的人
火焰在胸，无处燃烧
繁花在心，难以盛开
原野那么空旷
疯长着野草
于是，他彬彬有礼

说是收到了你的一封长信
你站起身，双手作揖
还想着你的改革朝政弊制

这无疑是你的一片丹心
后因祭祀仓颉办赛会
身受小人构陷
顺着先哲的侧背端详
目光扫过书脊
那时你站在书外
脉搏里流淌着清晰的声音
无奈，你的庆历新政昙花一现
人臣都说你是在杞人忧天

3. 摩崖与残碑

在你的原乡梓州铜山
我与你曾经有过隔世的约定
你说过，要寄东西给家乡
还要为后人福田广种
但不知道确切地址
其实你不知道，千年后的家乡
早已不是古铜山县的景况
铜钱锈蚀的痕迹也已消逝
有铜就能铸钟，氤氲晨钟暮鼓

千年玉江古迹散落
一息尚存的遗址，居无定所
如果你确实要寄，只要不寄给秋风
任何地址都是对的
也不要寄给铜山治所，因机构改革
可以直接寄给崎岖的山林
你积攒的福报还辉映着整个旷野
寄来的月光，已安放在场镇上
用微信、支付宝都可以兑换成春风

今天，我终于知道了
无论是百年，还是千年
去广福镇的路已看不到尽头
为了表达我的仰视
我只能用无语祭拜仅存的残垣
铜山曾经的繁华与威仪
已被时间删繁就简
我的心却零落成泥
空旷荒凉，遗忘成了唯一的结局

4. 秉直冲天苏公笔

满川潮生闪青辉
每日浊酒，清茶布衣
你身着长衫
就像黑暗中的一盏青灯

身后却留下了一串串清晰的脚迹
通往铜山书院的路径
赶考的山人或书童
穿过狭窄的山路
由北向南，走过状元桥
耳边仿佛还响起铜矿的粉碎声
故人旧词，隔着江南
后来有谁会提及

我在《苏子美文集》里
找到了你初晴的沧浪亭
方才读懂秉直冲天的苏公笔
“源于古，致于用”
你挥笔写下的那些公理
也能感觉到追梦的鼻息
那些沉下去的经年并没有腐朽
大风刮落秋天的黄叶
片片都是人间晚晴
石头、风和流水
坠落成大地揪心的伤痛
又有谁会将它们一一清理

沿金锁桥经过，你在左，我往右
铜山以西，商旅络绎
铜山书院清凉的晨钟
还和古时候一样

而今乡镇场上的云朵
依然安详而静谧
光阴如星辰颗粒
浩瀚中，同频轨迹
仿佛又短暂交集
碰出火花与激情，在这里
诸多圣哲，曾如天际的群星
在遥远夜空，在二十八星宿中
你是那颗最闪亮最耀眼的文曲星

5. 在铜山书院听雨

广福确实有一个状元桥
读书台旁，古井已封口
只有挑水人还记得当年那些生气
那些炊烟可以养活多少人家
悬崖或断壁，崎岖和山林
都是历史钩沉
如果说，在圣人与凡人之间
还有人正在觅寻，那么
为什么，后人遗忘了先贤的踪迹
而今只是词语复词语

试想，一些魂魄
在荒山间飘散
何处能寻历史的约定

此刻，纵使信马由缰
春风夏雨地一生风光
最后还是做了秋日
一块惶恐的补丁
目之所及皆是伤口
不少岩壁被残垣所欺骗
在流血在呜咽

倘若在玉江河打捞星光
有人会发现石柱题款
也有人拿去当敲门砖
其实，此地的河山千年寂寞
唯有天上的明月
一直还记着铜山当年的盛景
如果时光真的可以穿越
那风声，像流年，也像溪水
在铜山书院，就会有人
听你讲经书，讲辞赋，讲耕读

6. 沉吟沧浪亭

来自铜山的父老乡亲
让我执今携古
与先哲子美对酌
他们说你时常用汉书下酒
太阳落山后，我俩点起了灯

就着灯焰一起喝酒
酒很烈，像我们吃过的所有苦
更多时候，我俩双手捧碗
仰面长天一口接着一口
三千里江山失却颜色
皆因你我的一次邂逅

有时，我俩也都会看一看窗外
虫鸣安抚着胸中的愁肠
我是醒来并非在梦中
余光横扫对面阁楼
我心却很难恒常如一
路边的野草、村头的老槐树
也都抖落得很整齐
众多感悟只是一种虚拟的高度
假以时日，我真想再绕虚亭
踏水而来，和你一起吟诗作赋

间或看你题诗花山寺壁
趁着醉意，享受这种感觉
就像春天里抖落的诗歌意气
这时刻，你说——
来，我们暂且
谈一谈诗歌，谈一谈
诗歌中的那些意象
和表情中的建构

怎感慨，花易凋零草易生
怎堪垂钓明日的光阴

7. 铜山绝唱

铜山或广福，千载悠悠
这里是古梓州铜山治所
四野是山川，水溪，森林
松树和别的树
是一些有光泽的云雾
世人只知有眉山“三苏”
我曾经问自己
什么时候你会让今人
感知你的丰盈和厚重
玉江清浊或寒凉
一条白练入涪江，平和舒缓
一声哀叹两河口
淹没了千年的鼎盛与衰落

我知道我对铜山或广福
理解得尚浅
还没有弄懂它的
前世今生和人情世故
但我知道有怎样的柔美山水
就有怎样的天地黑白
飞来石，状元桥，宝山头

这些名字越古老，就越有厚度
后来人有多少知道
铜山“三苏”。苏舜钦[①]
留下的《子美文集》也沉默
铜山绝唱，是否可以点亮我们前行的路

①苏舜钦（1008—1049），字子美，梓州铜山（今四川中江广福）人，生于开封，北宋时期大臣，北宋诗文革新运动先驱。

2021年4月15日

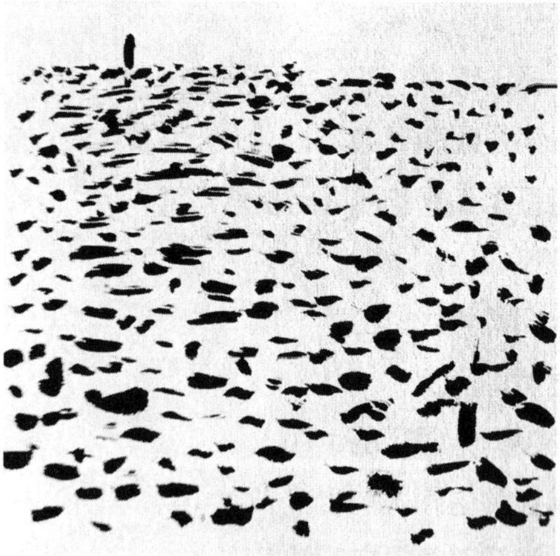

壮志不言扶贫路（组诗）

——致敬扶贫君

晴天和雨天都需帮扶

金岩村是鸡鸣乡的一个村，山高坡陡
“V”字形山罕有平路
苍莽的天空下，地貌倾斜超过 25 度
漫过高寒深石的角落
深度贫困在梦境的缝隙里游过
常常将村庄深深淹没
那些因病因灾致贫的贫困户
晴天和雨天的日子都需要帮扶
总想执子之手
尽快吹散那些苍茫的烟波
从莫家坡到匡家山，海拔升得太快
就像鹏鸟的翅膀，向往着辽阔
漫漫扶贫路，抓住时间的绳索
怕他们久久不能改变
怕他们还是那么积贫积弱
弯弯曲曲的山路
金岩村，很多时候都需要帮扶

烟火中，渴望的眼神

金岩村，多村合一
半山悬着的农舍，瘦得让人心疼
你的出现，有些缓慢
从主城区辗转大半天车程
仿佛走了无数个时辰，而此刻
天色已晚，几位乡亲围了过来
二爷爷提着烟袋锅站在门口
用山里直白的语言述说自己的烦心事
他们来自不同的家庭
烟火中，渴望的眼神
人和背篼都在暗处潮湿
寂静的河流，回声在天际凝重
山乡，以及逝去的往昔
贫穷超出了想象力
让人胸怀激烈，又心事沉重
乡党委派你牵头金岩村，脱贫攻坚
要把火花种在人心，发芽贫瘠的土地

帮扶过杂草与猪栏

月亮是不是天上的贫困户
需要我们用尽离别与孤独
一次又一次地帮扶

帮扶过一个人的早晨
帮扶过村道两旁的云木
帮扶过一个建档立卡户
范安付，腰椎间盘突出
帮扶过一个寻医问药的家庭
帮扶过一个孤寡老人多余的担心
帮扶一块荒地与农田的内生动力
帮扶过一个患有白内障的阿姨
帮扶过杂草与猪栏
三社四社人畜饮水问题
雪中送炭，养殖项目落地
携手薛千万、桂诚舒、沈明刚、余文菊……
做实村产业与脱贫致富的根基

仰望散居的星辰

金岩村，高寒深石贫困区
汉昌河水清澈倒影
早起的村民，听着鸟语劳作下地
王大爷李大妈的竹篓背筐里
装着一片片扶贫的温馨
贫困户苟家成，一家生活拮据
儿子说生活费紧张
擅自退了大学的学籍
你的心隐隐作痛，会同村干部
为家长和孩子指点迷津

可此时，你凝望大山的背影
辗转反侧，夜不能寐
冰雪覆盖了村道
遮盖不了贫瘠的土地
高树低檐，仰望散居的星辰
最是牵挂半山坡上的那些贫困户

夜访贫困户

攀到山顶，磨破了鞋底
夜访贫困户归来
冬雪夜晚，围在火炉旁
寒冷的月色村庄
倒流进天空的海洋
一次次在这村那村的晒坝上
用乡下喇叭花的口型
深一脚浅一脚
漫过山乡每一个角落
乡亲们的笑颜
将树影的脸与星光缝合
直到寒风灌满回忆
星辰在头顶闪烁
爱的奉献，更像那不灭的灯花
当一株怒放，繁华千万朵
鸡鸣乡的明天可以在阳光下直达

汗水洒满来时路

月光被标语的土地摊开
它不是写在纸上
就是悬在心上
贫穷，究竟是什么原因
肩上蓑衣裹成雨季
三元猪栏，农舍饲养
金岩村、双坪村药材基地
实惠都带给了石头和土地
鸡鸣乡的清晨或夜晚
不是一个诗人的随意想象
鸡鸣寺的晨钟，也不可随意敲响
土地，是云木香的亲人
唯有深挖的锄头把天空逼到没有退路
汉昌河大道、盘旋的通村通组公路
村庄的烟火与盛景通过验收
昨日，鸡鸣乡已整体摘掉了“贫困帽”

天上的村寨挽起星斗

一个临近退休的银行干部
像一粒种子，扎进贫困山区土地
从 2018 年到现在，殚精竭虑
摸排“两不愁三保障”

在乡村，有多少粒种子撒播
就有多少青苗破土
山地鸡、跑山猪
兴旺着一片片荒山的风景
感官的起点，玉米香在田野的尽头
天上的村寨挽起星斗
小康致富路惠及千村万户
乡亲们称赞你是“扶贫路上的好干部”
你的名字叫魏亚西
你是农行定点扶贫干部
一个人还未走
鸡鸣乡金岩村村委会
特聘你为产业经济发展顾问
你和金岩村的约定，已凝成永恒

2020 年 7 月 3 日

三访大巴山腹地鸡鸣乡金岩村纪实

第二辑 摇曳淡淡的光晕

格拉纳达古城堡

在南欧，西班牙格拉纳达市
在内华达山麓，转角山腰宾馆
入住温馨恬静
用木梯廊道去俯视千年古城
山下纵横街道如幻境中的版图
时辰标注是未竟的初冬
白墙红瓦的中世纪紧锁在浓雾里
唤醒的不只是沉睡，还有心中的诧异
感觉地中海风格冷色调
橄榄菊花蓝紫花卉，明快的涂料黄搭配
古城静谧，时有新来的背包族
细雨中飘过洋人的体味些许

小巷中行走的古风，从不缺诗意
半山腰，小道都是用远古河流的鹅卵石
铺成抑扬顿挫的自由诗
路很窄，窄到只有一车宽的间距
偶有微型轿车通过，会车是个大问题
山间的小店适宜喝茶
但这里只备有咖啡可以独饮

最适宜想些事情或思恋远方的亲人
悠悠岁月或家乡那些城南旧事
遥望后山古堡酒店
不经意间飘来北非轻音乐
北非特有植物的深红、靛蓝
那是一种亲近土地的温暖

次日一觉醒来，柔风和畅天朗气清
格拉纳达市的上空
万物现出各式各样的玄机
十月的异域又写下一篇好辞
每一处风景皆含有新意
世界辽阔，在这里古今都是背景
永恒的延续须依托一种仪式
比如北非或南欧，美学都成了追忆
伴着时光入夜，我端坐于古城半山酒店
高酒杯盛满阿里安葡萄酒，忧伤突然泛起
蓝与白色调延伸着蔚蓝的村庄

远处的河堤近处的小雨都在夜中行进
入夜后的千年古城，悠悠的
耳间似乎还响起罗马远征军的铁蹄
杯叉条盘，烧烤牛排，三杯之后
方知身在异域，应和着此刻的节奏
将整个身心都融进一座“宫殿之城”
想起过往的人生，都如

我刚喝下的苦浓咖啡
古城久远的清香，至今还在流传
城堡里曾经演绎的那些爱情故事
暖色调亲近土地的温暖
月季睡莲搭配花卉的感觉
小巷中行走的古风
是我从格拉纳达捡拾的意境

2019 年 10 月 26 日

西班牙格拉纳达古城　二〇一七年摄

飞向西班牙

一家三口自由行
坐上国航 737
从北京飞到马德里

印象中斗牛的雄狮国度
是否还有呜呼呐喊的鸣笛
娱乐或竞技是否还有那么多血腥

角斗或斗牛
杀戮，不会是力量的蛮狠
为何横跨地球只需半宿光阴

如果用欧元兑换人民币
穿越亚欧，用已知的哲学
也搞不懂西班牙语有多难言说

如今已知睡一觉就可飞越万里
自驾车绕地中海一圈
四千千米须兑换多少英里，我的数学很不行

我在一万八千米的高空，畅想
鱼子酱、葡萄酒、橄榄油
看上五集反恐连续剧，直落马德里

2019 年 10 月 27 日

白鹿中秋诗会纪行（组诗）

诗歌先行

成德同城，诗歌先行
白鹿中秋诗会
皆有成都、德阳、泸州
甘孜、阿坝的诗人
从一座城市到另座城市
奔赴一场诗歌的盛会
激情、妄想、敏锐
关注每个灵魂
气象丰盈、开阔、纯粹
哗哗流淌的湔江
低吟古老的文字
用诗歌的意象
将修辞的张力伸向云端
相见甚欢的诗人
招呼喝茶，叙旧，合影
谈伟大的时代，沉思人类

以诗歌名义举杯
体验碰撞中的情绪
灯影之下，不是盛开就是枯萎
长度厚度隐喻出花开的声音
爱恋疼痛，多是一本没有结尾的书
寺庙流水坐在上席
中正位置留给诗歌
有人云端纵酒，懒得写诗
也有人饮酒不醉
激情绽放，自成风景
谁会料想，一场绵绵细雨
会滴落在康文山庄
第二日，骚客们离去
哪堪问此处前世的呻吟
白鹿古镇，今夜下雨明朝放晴

诗意丁香

不平凡的经历
期待一场大戏
诗会，起伏的情节
可以让每个人沉吟
今夜，暂且放下尊严
双手合十，跪拜古老的河岸
静心体会抚摸脱壳的灵魂
和失去知觉的快慰

主持人梁姐姐是山城美女
披挂战袍勇上阵
风雨中掌控喧哗，鹏鸟的翅膀
将八仙桌围成蓝月亮
雨棚下，手执一株诗意的丁香
引领的声音如蜜糖
吟诗作赋，像猫咪一样
有的诗人，蜷缩在黑夜里惆怅
指尖上落寞的文字滑落在小河旁

泸州作家杨雪在诗中说
“凝重的心，来一次凝重的穿越
在一盘夜宵中小酌举杯
喝出过眼云烟的相思
将中秋诗会的余绪
渲染成一首无韵的骚体诗”
而我只是挣脱而来的一粒种子
心灵藏着一个密码
今天来到白鹿
在你的田塍，悄悄发芽
在雨后的蛙声中
看玫瑰撒娇
也可依偎在白鹿的怀抱
深情地望着你
一遍又一遍观赏
尽情领略葛仙山的风韵

鹿河湔江

今夜，我在湔江河边
有诗人修元和茵妹作陪
湔江鹿河披细雨
路灯跌宕思绪
闪烁不关风月不关情

诗会上溢荡的那些诗句
都附了流光和碎影
梦境的情节过于凄美
轻影跌落抑或如中秋诗会
用再多的诗句都难以写尽

今夜，不见明月照秋水
只可将灵魂写在纸背
带来的诗歌已随风散去
半盏清幽，个中忧愁
眼泪总被河床揉碎

让灵魂沉寂唯有酒
诗意，如法兰西风情
在酒杯里放纵生命
在夜色下撩人心扉
如同一首唐诗，一阕宋词

凉风暮秋将古老的白鹿吹瘦

夜泊白鹿

中秋，白鹿向晚
诗会散后，有人会叫上诗妹
到河边听雨，听到的却是
河水嗒嗒的声音如马蹄
也有诗兄听着电话那头
有妹儿在唉声叹气
说是微信隔着彼此的距离
为何明日不能相依
相见如诗，缠绵相叙
即使光阴逝去
谁见过爱情的绿叶会枯萎
但此刻，一群蝴蝶环绕着你
在欢腾喧嚣的院子里
啤酒泡沫趔趄着你的声音
听雨，你为何不肯离席
你何时才能明白
古今骚客醉留诗意
你在谁的发梢和眉宇
深情相依，乐无比
心中的女孩是否已成记忆
湔江河畔曾经有过的那场雨
小院的夜色为何要关闭

指不定，明日会有人为你淌泪

诗会记忆

今夜，在康文山庄
灯影下暗香浮动
还会有诗人
半夜陪伴自己的灵魂
纠结曾经驻足过的那片云
十字架的尖顶上
沿着河流去了别的地方
三生三世，柔美守候
在这里，诗与诗歌
正被河岸的黑夜紧紧包裹
昼夜不舍，依然
美酒不怕西风吹裂
我听见，河水在深处低语：
“樛木疼痛，不知向谁述说
夜色早已斑驳脱落”
连同那些朗读中的韵脚
站在细雨纷飞的风口
拾起喧闹和脆弱
白日与黑夜无须交替
离别都是为了重逢
此行，只留下
关于白鹿诗会的记忆

就像微笑与握手留给自己
诗歌日记，原来都如此漂泊美丽

兼赠舟歌兄弟

在龙门山脉深处
来到法式风情的道场
在彭州，在白鹿康文山庄
古镇额匾上写着
往事里的湔江
舟歌和三妹，一对神仙眷侣
透过黎明开嗓的雄鸡
原乡诗歌点燃爱情
三妹就像邻家羞涩的妹妹
有爱有诗歌的日子
诗友们都说她是《诗经》里
在水一方的佳人，上善若水

在白鹿，我知道
你火热而温暖的胸口
装满了诗与平原的惆怅
中秋盛会，你忙碌的剪影
背对着阳光
向日葵凝聚向往
花儿艳丽，牧歌飘香
你在黄昏传播诗歌的种子

你的故乡，你的平原菜花黄

以血熬诗，精心筑起
诗歌的高地在川西坝子
湔江流淌，白云断章
你是诗歌的义工，是大侠
只是没有夕阳，替你完成黄昏
壶中日月梦里乾坤
愿你在诗歌的天地驾祥云
老夫聊发少年狂，射天狼
这些文字是我写给舟歌的颂赞诗

有诗友至今还记着
三妹递给的那个小苹果
酸酸甜甜，暖心暖胃
亲爱的白鹿亲爱的舟歌
还没来得及详叙，又要离去
当你在身旁，我祈愿驻留时光
一起徜徉诗歌的远方
谢谢舟歌的引路先行
我和诗友们将随后跟进
此刻，我会为你诵唱：
“昨日，君一别，今又菜花黄……”

2020 年 9 月 10 日

比如，醉在梨花沟

——歌声唱给大地魂

1. 莫负春光手牵手

有一条路，可以通向金堂梨花沟
春意浓浓，驱车的歌友
穿过成都平原
群山连绵，向东走
山里烟火味，一壶老酒
莫负韶华与你手牵手
迷茫，山间那许多青枝绿叶
满山碧翠，可以爽心洗肺
惊叹田坝土坎上
那些瓦罐罐似醉非醉
蜿蜒的山道，一坛坛陈酿盛装列队

在此去的路上，我们
似乎迷失了方向
酵池门前有人自称醉八仙
摆开架势，摔酒碗
却不见李白斗酒诗百篇

比如镶嵌在山崖间的那些唐诗宋词
敞亮的歌声，抖音漂泊入酒池
微醺的风，都带着酱香味
即使是神仙也会酩酊大醉
即使你不举杯，在这里
也可以站在鲜花丛中享受春天的明媚

2. 倘若品评过猛

大地魂，因为香醇
饮者尽销魂
正如梨花沟不属于官仓镇
但梨花沟也是一个村
魏哥是男高音
他的歌就很清醇
朗诵诗歌的刘长义
醉了，心中总想格尔木
天之蓝不解洞藏酒
既然，没有新冠
油炸小鱼、柴火鸡
我们，可以灯火下喝酒
倘若品评过猛
醉酒扶头
品尝相聚的甜美
梨花树下，唯有风情万种

3. 非洲鼓如泣如诉

当欢乐穿越时空
我们用歌声点亮村庄
今夜只唱歌、跳舞、喝酒
一片笑声下，有人跟进
走进了阳光迎来了春
柴火鸡，原度酒
同举杯，烟火任由晚风吹
夜莺合唱，醉酒舞步
非洲鼓如泣如诉
心灵隐秘处，何处是人生的归途
远处，玻璃桥飘飘摇摇
滑滑溜溜无人跑
星星罩着的村舍，都在竞逐风流
因为指缝太宽，时光太瘦
人生有味不只是清欢
月色清影，长诗一首
今宵我们有个约定
就让这相约凝聚成永恒

4. 凝望大山沉睡的轮廓

今夜，我们的歌声
将夜幕深深淹没
偎着烛光让我们静静地度过

看玉皇山，听风起雨落
歌声的翅膀穿越高山和大河
漫过云雾尽头的角落
夜深灯熄后
我凝望大山沉睡的轮廓
慨叹村舍寂寞，茫茫烟波
我们的歌声走向辽阔
晨雾里紧握两岸的绳索
林间翠鸟清亮的嗓子
任由歌声远去
大山的灵魂
原本就属于天地
每一句歌词，每一片情意
也终归属于流云
你我只愿回到人生最初的际遇

2020 年 9 月 19 日

西昌邛海湿地树林 二〇一六年摄

芙蓉餐厅之水在流（诗三首）

草堂河里水依依

在青衣江桥店芙蓉餐厅
草堂包间水依依
孔氏第七十六代孙
令华老弟端坐买单上席
陪着几位文朋诗友云端纵酒
也为香琼才女转换频道贺喜
美媚上周还在浇花做园丁
而今已是专职文学调研
有长者说，文化馆不可坐成政府机关
生命要出彩，诗文要绽放
一桌五个主席，还有三个貌似查纪律的
话题海阔天空，夜色迷蒙絮语

九人中有三个姓周一个姓孔
姓刘姓邱姓李，往盘古开数
不是皇亲都是国戚
海文兄一本正经地说：

"我判断，姓周的文友没有大毛病
就是作风上有点问题……"
是酒桌上的风还是江湖上的水
文朋或旧友频频举杯
且听香琼现场朗诵搞笑诗
诗中说："醉了，没关系
我们还可以继续，吹牛吟诗
花似美酒人是愁，听罢醉到芙蓉楼"

古来圣贤的标配

今宵，一些身影未见
恍若一个世纪
酒桌上人流物流信息流
一切的风水，正在奔流
当今诗坛，旌城写诗的几个人
席上对望，我能听见
他们把诗歌的文字，按倒在杯中
酒杯碰得铛铛响，有德阳籍诗人
比如在成都的健鹰和在无锡的贵沿
他们在微信上发布的诗歌
就像空中挥洒的票子
兴许斗地主，赢了大把大把的银子

有几个兄弟趁着酒劲还在勾肩搭背
酒劲上头，老说自己没醉

醉了没关系，常言说
美貌与才华，熊掌与鱼肉
皆是古来圣贤的标配
但凡隔着一个星球的距离
丰谷王，香醇香，聚散一口干
浓浓诗情，绵绵滋味
哪怕身心疲惫，集体围着酒席开会

煮酒烹茶岁月温柔

酒桌上，有些影子懵懂沧桑
杯中的水掺杂着城市的夜
车辆的倒影斑驳不明
寒露到来最易孤独
纤弱身体和头颅
在酒杯中获得的那些意趣
似水东流，其实
那都是白天不懂夜的黑
半斤八两解决不了所有的诉求
甭管做梦打鼾喝闷酒
恰似一江春水，有人独愁
醉里寂寞，只愿长醉杯中酒

场面上，酒桌上，江湖上
纵有无限诗兴和才情
有谁知道爱情的样子和甜蜜

是煮酒烹茶岁月温柔
还是江风清清，竞逐人生风流
日子不一定如诗，喝酒只是个噱头
趁着时光尚未老去
月光下携手，一醉方休
不管天涯海角
只要认得归家的路
将所有的开心，此刻
都交与夜幕下的芙蓉酒楼

2020 年 10 月 15 日 深夜

长河谷雨风声疾（外一首）

城市的霓虹
落幕成风景，静静流淌
躁动，尽入流光
钟鼓楼聚沙龙
命题，脑洞大开
窗外大榕树呼呼生风
梦想和希望写在脸上
深宵，众说网刊《长河》
文学是一生的恋人
恍惚情怀具象
蒲公英在小巷唱歌
风雅颂，诗章演绎成长河

一群编辑和诗人匆匆来
金杯荡起了激情又匆匆去
呼啸而过，文学不会是一阵风
长河，永远流淌成长河
所有的文字述说
吹过关山和日暮
春天洒下的那场谷雨

都交与火热的夏季接力
深夜虽然沉寂
恣肆任性的风亦如长歌
简单、纯粹
清风与明月只愿
脚下这片热土流出诗意长河

2020 年 4 月 10 日
祝贺教育作协和网络作协联合推出《长河》文学网刊

将青春装订成一部书

青春已逝，今夜不写诗
待到云舒云卷的日子
我会手捧一杯清茶，淡淡的
将心中的那些往事
用文字释怀曾经的妙曼与荒诞
让过往的喧嚣和着香茶饮下
只希望有那么一天，忙碌可以放下

守着一方庭院，种草栽花
播下文字，收成诗行
留下一颗明若秋水长天心
让岁月安然抵达
释怀心情，抵达长安或罗马

可是，在四月的晴天
我会为突然造访的漫友写诗
写出那曾经丢失的文字
却无法将我稚嫩的青春拽回教室
以及灯影下高声诵读的诗词
再多的文字也纠缠不清
一生的爱和恨
纵使写痛了我的母校
和那段懵懂的时光
也难以言说我童年的小木屋
去触碰那幻想贮存的小阁楼

儿时，如诗的记忆
都随了十年寒窗苦读
天幕下，血红的云朵
与翠鸟的红唇何其相似
如果要出版那时的迷茫和微笑
我会将青春装订成一部书
唱歌、写字，跳舞
轻挑绿叶背后的萌动
落在金色漫卷的夕阳中
有朋来自远方，溢出的笑颜
可以医治创伤，疼痛却在脊柱上
相聚到最后，生成的诗章尽是一抹惆怅

2019 年 4 月 9 日

泸沽湖晨曲　二〇一五年摄

出征，我们快乐歌唱

——老年大学合唱团出征词

我们从旌城大地出发
不为赶考，只为去快乐歌唱
我们同声合唱《齐鲁大地》巍峨雄壮
《在灿烂阳光下》幸福荣光
城镇有活力有希望
欢快溪流绕过村庄，四处泥土芳香
轻风拂面，总有一种力量直抵胸膛
我们放开嗓子唱，从星星唱到夕阳
歌唱亲爱的祖国亲爱的党
我们快乐，我们的生活充满阳光

我们在时代的春风里，唱出花甲梦想
四十五名合唱团员放声歌唱
女性歌声甜美，男性声音雄壮
优美动人的旋律，抚慰心灵诉衷肠
我们曾经羽翼飞翔
《我和我的祖国》初心颂唱
享受过程，梦幻如阳
我们真心祈祷祖国繁荣盛昌
温暖的情义，回忆也芬芳

唱出民主唱出和谐唱出自由富强

我们在灿烂阳光下，快乐健康
如歌的旋律响彻流年记忆
我们激情满怀，身着靓丽服装
蓝天更蓝，白云更白，清风飞扬
镰刀锤头汇成江河海洋
跟着共产党，建设美好家乡
发挥余热，贡献智慧，身心健康
唱吧唱吧，珍惜美好的生活
幸福快乐绽放在脸上
合唱团员的心中永远闪耀金光金光

2019 年 9 月 8 日

我们在双流混声合唱

候场在化妆间，一些面色
如帘将启鲜艳的裙装
面子粉底铺白
女生将腮红涂抹在男生的脸上
川台演播厅外，水岸柳绿
依偎环球中心，怀抱一池秋水
花甲合唱来自四面八方
每一支队伍都像青纱帐
眼神里充满光荣和梦想

我们同声合唱，《齐鲁大地》巍峨雄壮
混声旋在双流的天空上
我们的快乐有如枝头的阳光
人生不老艳照晚畅
笑声里总是梦幻如阳
一场磨难就是一场洗礼
一场伤痛就是一场觉醒
我们拥有一颗善待自己的平常心
着上胭脂和口红，装扮更漂亮
夺冠入围不重要，只要心头欢畅

我们深知，竞赛的分数有高有低
花园里的花枝有短有长
淘汰或出局只能由天定
几经风雨更懂得，决赛不是矫情
痛失的心情不必当真
台下再多推测都是自作多情
去掉一个最低分，还剩一个最高分
竞赛场上如春风化雨，打入决赛
我们终于可以放声歌唱
在灿烂的阳光下，还是要争取拿高分

甦杏鸡毛店，晚餐混声大联欢
春风吹拂永开拓，聂帅哥点杀清唱
永安美男快闪，新疆舞围着兄弟姐妹满堂转

《我和我的祖国》大家唱
昨夜今晨，从绝望走向希望
黄班长说，入了围还要争取一等奖
四十五名团员谁都想
放开嗓子唱，唱出灿烂唱出阳光
在川台一号演播厅，我们拿了个全省二等奖

2019 年 9 月 29 日

合唱，可以倾倒整个世界

即使是一片树叶
也能倾倒一个季节
合唱的旋律
悦耳音域，将倾倒整个世界

有人把自己比作一个音符
我把自己化为音域中的骨头
合皆毗邻，节奏跳动
浪漫四三拍会让血脉奔涌

合唱或混声
哼“m”练唱，控制气息
渐进气流直抵丹田
悦耳共鸣，唱的是共性不是个性

休止符里换口气
声部与整体配合默契
学会控制情绪
合唱的舞台繁花似锦

用声音塑造形象
节拍里抑扬，复调中顿挫
多声部才会起伏有序
混声合唱，只求唱出一个声音

插部在合声上绕梁
再现混声合唱的魅力
音准节奏如音乐的生命
燃烧激情也可净化我们的心灵

音准在支声复调
有谁喜欢一群乌鸦发出的杂音
混声如天籁共鸣
声音切不可张扬个性

轻柔美高，凝结希望和技艺
梦幻般的旋律，繁花似锦
如果说音域可以汇成一条河流
腹式呼吸，才会创造声音的奇迹

壮丽的声部合唱
邂逅如诗浪漫，飞花细雨
高声、低声、中音都将汇成
一段段抒情诗，一幕幕华尔兹

2019 年 10 月 20 日

川西镜像（组诗）

经开区，繁荣如诗意

还有一周立冬
轮换的季节
尽在寓言和故事中
随文友在罗江采风
访企业、进学校
扫码测体温，几十只口罩
驮着天边的云，往来、行走
小城镜像，尽在梦幻罗江

采风，看不完风景
青草树林庄稼地
孵化园回旋在
慢吞吞的枣树林
片片落叶里满是好奇
采风途中的白云
站在繁忙的
成绵复线或京昆高速

仰望小城北部门户的天空
宽广的路向天外延伸
小城尽显得意般的繁荣

那纵横交错的版图
诸多丘林和山峰向前奔涌
宣言像沉默的彼岸
还散发着栀子花的芬芳
如果要说采风
慢镜头前的农产品加工示范园区
贫穷的人不再穷困
荒凉的风景不再荒凉
园区的村民从没像今天这样努力
创造之美如诗意
影子像海浪一样退去
远方也许还会坎坷或伤悲
今天，我的心总被一轮满月抚慰

营商环境“六个一”

山峰叠翠，河流宛转
地平线上的川纤、迪弗、朗迪
新材料高科技，国企民企
成排厂房车间高高矗立
多像一座朝圣的殿堂
德国美国英国澳大利亚

多少信徒的追逐
都融入漂泊者的奔忙
指尖上，落寞的文字
轻轻地滑过眼角
半世浮尘穿越心扉
往事的落叶有新草暗长
落日不苍茫，星星和月亮也不走散

迪弗电工，产学研“三位一体”
专攻绝缘高科技
市场占有率才是竞争力
营商环境“六个一”
涉企服务“保姆式”
上川科技，做的都是汽车零部件
服务通用大众广汽长城吉利
自动化，机械手臂
精确制造展魔力
新能源汽车电控都是高端设备
用蓝杯子一样的白夜
产供销，搭载出川的欧洲班列
李白和惠特曼，都曾误读过这个世界

孵化园，如一行行诗句

按照事先规划的日程
能在定好的程序上多看一些

孵化园，经开区，智能手臂
生活在创造中提纯
在橱窗里写意
空间的倾斜
会铭记清风与月色
巨大的反差，有些感悟
我不只是一笑而过
作家或诗人，就好比
一面又一面镜子被时间打碎
但还亮起明镜，拷问风景

琳琅满目的样品
和一条又一条流水线
拉抻就业，拉抻地方生产总值
我写下的一行行诗句
此刻，是否确认是心中的感慨之语
还是花蕊里珍藏的惊奇
但凡一束光不会孤独地燃烧
就像空气穿透肉体
采风，不仅仅是眼前风景
和生命拥有的甜蜜
看过的山水，与问候过的花香
终将会登上模糊的荧屏

脚步胜似尾声
生机、活力、人气

还有丰富的人民性，尽在
岁月的另一种轮回里
上川科技生产的汽车零部件
终归是雪色划出的刀锋
你必须承认，那是化腐朽为神奇
初生的秋冬模糊着视线
唯有机器人手臂
似乎撩起我胶着的心
历史的活塞和齿轮
正在安装凯江、秀水或北部创新区

高职园，让人魂牵梦萦

光景是体温的把手
校园或教育
畅想风情和笑意
那是战略，也是目标高地
科研服务居住为一体
休闲旅游，如熨斗式山形
被夕阳烧红
往返校区的路上
那一串串脚印令人流连忘返
曾经从这里走出的身影
同样让人魂牵梦萦

教育新城，生态环境

黑暗中大地又一次被熨平
城楼和校园，裹在阳光影子里
温暖的波浪由远及近
川工院，西财天府学院
通用学校，农职院
中艺科技喂养着清晨的鸟鸣
云海在流动中奔涌
青山绿水，树冠晨曦
庭院书声，朗朗乾坤
将一些鲜活的元素植入大地中心

锻造栽种，演说绝技
能够做出或道明白的
都是皮毛，是雕虫小技
土地上飘浮风声提出的问题
成为高于群山之巅的不解之谜
给了世界一道闪电
聆听书香飘逸
清澈悦耳的钟声
敲击着祥和的世界
星星用战栗回答高高的天际
罗江高职园，开窗透绿一片光明

2020 年 11 月 1 日

诗记罗江总工会采风活动

海上天路

——写给港珠澳大桥科研团队

1

你叫我怎么读懂你，怎么为你写诗、抒情
乃至赞美，不说你们擅长的结构技术
还是研究桥面板抗疲劳性
只说你们团队是如何攻克，大桥
疲劳开裂正交异性
一个世界性难题
如果用 120 年为周期
桥面板的尺寸、厚度和寿命
上百年不计其数的重载与碾压
走动的华彩，何以承受风雨
至少还要难 N 倍于我写的朦胧诗语

2

曾经雁阵盘旋，鱼群迷茫
黄海的逆流，渤海的风
吹不散太平洋上的云雾

伶仃洋上，一代又一代唉声叹气
终于，广阔的洋面以惊人的姿态
春风唤醒明月和星星
长流海水咸淡中
一道长弧，闪电穿空
从此降落海上天路，梦牵手
苍龙腾飞，万千舟楫竞渡
高铁与浪花和阳光一起奔涌

3

可是，对于你们，我只知道 10 年前
你们的团队，针对这一全球性难题发起冲锋
问题，不只是在疲劳中研究抗疲劳
是要找到抗疲劳的临界点和边际
抗挫暴虐，台风 16 级
就像彩练融入蔚蓝和辽阔 55 公里
悬在海平面，张开依然故我
远去都会销声匿迹
晨昏魔影，敲打潮汐
留下的全是坚实、华贵和致密
亦如量子纠缠，带来无数的悬念、猜想
感觉就像暴龙横空，天下无敌

4

无论理论上计算，还是精准试验
流走的海水似乎与桥身的平面没有一点关系
你们的团队该经历了怎样的抗击
时时监测，庞大的数字流量
每天 24 小时不间断试验
只为记录模型的开裂时刻
长达半年，每天的分分秒秒
只为专做一件事——使用 120 年不疲惫
超级工程转身华丽
无论是疲劳或是兴奋
天路总是起伏蜿蜒
都要经历 400 万次的锤炼与重生
挥手可见远方的地平线，留给人间静美

5

我接过超强台风传递的玫瑰
黎明便要开启，虔敬的南方赤子
你眼里只有血丝敏锐
淬炼的韧性，公开挑战与隐约的火焰
铆紧骨头，让光荣永不散架
就像时代列车从不畏惧厢体内的顿挫
以便产生越来越愉悦的抗阻力

是英雄绝不艳羡那巨大荣誉所包含的虚无
一个民族的复兴，在永恒的正午
烈日之光，飞越沧海
让时间检验抗挫性和柔韧性
你们的团队
在共和国版图上丰功永铸

6

如果 120 年后，背景仍然还是那么湛蓝
港珠澳大桥，你还饱经风雨
大桥的面板你还没疲倦到开裂
还可承受千万次碾压、无常、变数
接壤日常，众口赞誉
台风和海啸都无法撼动
浩瀚，刮骨疗伤
桥岛隧，沉入时间永恒的银币
粤港澳，壮举感召神圣的使命
波影腾跃的伶仃洋
中华大智慧，经天纬地
神斧天工，筋斗腾云，无惧轮回

7

每一种抗压，每一次潮汐
都是科学与匠心的艺术

海上的灯塔、落日、渔船常遇阴雨
年轮不惧风暴的威力
没有思想的文字进入不了天堂
抗疲劳的团队，将会随着往复的光阴
绽放港珠澳大桥的瑰丽
超级工程烙上的“德阳印记”
或许还会写进构造的新教材，行业新标准
惊人的美丽隔着一首诗的距离
就像我偏执地隅守，静听时代最强音
用大海回应的方式向你和你的团队致以最崇高的敬意

注：四川建筑职业技术学院结构技术中心，10年前，该团队承担起了设计寿命长达120年的港珠澳大桥桥面板疲劳性研究这一全球性难题，他们的结构技术中心试验完成了这一测试使命，他们的智慧在港珠澳大桥上留下了“德阳印记”。

2021年3月24日

泰国普吉岛之蜜月岛 二〇一五年摄

饯行八歌友自驾西藏游

曲酒52度

但凡，有歌友请客
一些象征的词汇
都会快乐，阳光，舒心
天韵坐实了，有人履新
子烈的曲酒52度
醉人又醉心
一曲唱给红军的赞歌
我爱五指山，我爱万泉河
唱到高山深谷
矗立喜马拉雅顶峰
群里的萍妹说
好嗓子，听了就享受
旌城男高音，当数子烈兄

内部巴巴掌

为了表真心，聂哥也要唱

请求五位女生
讨要些内部巴巴掌
唱一曲《一个也不能少》
理由千万条，前行的路上
有你伴我，走出人生低谷
亲爱的歌友，待我进步为我欢呼
我们同甘共苦，情同手足
彼此呵护彼此关注
（此处唱得无限深情）
新冠疫情下，聂哥情绪不佳
借着歌声，释放心中的惆怅和孤独

校长举杯壮行酒

校长冯忠良，今日刚履新
诚邀坐上方
左边，保华老师含笑作陪
右边贴身坐着秘书长
总之，赛歌不赛歌
校长不想唱
只想借子烈的酒
为八位歌友自驾游西藏
喝杯壮行酒
有人说，来日方长
再等仨月，哪怕嗓子破

忠良也要唱
酒桌上，冯校长抛出治校良方
艺术养老，幸福人生
在下不知各位同不同意
于是，哗哗哗哗哗哗
大圆桌响起经久不息的掌声

今宵欢乐无限

老师唱《我在月光里想你》
还没有离去，我已经开始想念你
还没有告诉我归期，心已等着你
把爱交给你，就放心着你的足迹
不管你此刻在哪里
再远远不过，远不过思念的距离
（有人点评说老师句句音准）
只是，歌友们相聚在天韵
屋外下着绵绵细雨
自驾游，明日八位歌友将远行
一条通往西藏的天路
迷迷茫茫的山，遥遥远远的雾
饯行，不用千言万语
我们的相聚也充满诗意
冯校长说，待到平安归来时
我在旌城为你们接风洗尘

分享一路的风声和艳遇
请客发红包一切都算我的
今夜无眠，今宵欢乐无限

2020 年 6 月 1 日
为老年大学合唱团八位歌友自驾游西藏而作

雅安茶马古道拾遗　二〇一七年摄

那年我们走进北大

1. 将苍白揉成文字

充满着好奇。我们五位进修生
那年，仓促地走进了北大
不知高楼深院
如何将苍白揉成文字
早餐时间，搅拌果酱里的成分
甜点如进修课程
我们在拥挤的学生食堂
在深邃的廊道上
听讲座，从教室到图书室
抄笔记，做讨论
每天都有一些新认知，新成色
装入头脑的风暴
像暖阳投影在人间
隐喻和象征精神分裂症
在唐诗之后演变为宋词
有学究固执地竖排书写繁体字
一撇一捺力透纸背

划出的弧线缀满记忆的天空
也好似赤脚踩在苔藓未干的额际

2. 未名湖畔的学术猫

火焰的梯子如精神宇宙的云图
置于此地，需转换的频道
将现实的浮土绘着全景透视
我们相约去到未名湖
偶遇小草丛中的学术猫
深夜里如流动的琥珀，两眼放绿光
难道它也是天之骄子
翻阅着阁楼上故事书里的故事
据说，还可用外文高端对话
这里没有高深的围墙
草丛里那只猫游走于学术，粉丝无数
将窗子敞开，翻开书本
讨论古希腊最早的哲人
讲台上，正在叙说一个古老的亡灵
从家中带来的贴纸写满小知识
挪移或增损每天所获
宿舍里激情辩论如白色的刀锋
思想出鞘，剑影闪烁
早间，可以隔着透明的玻璃窗
看一只麻雀如何洗漱面部

让所有的幻想跑出身体
每一种行为都有些离经叛道

3. 偶遇三胞胎

踏着月光下的校园
在北大图书馆偶遇三胞胎
大姐二妹和幺妹，言辞都犀利
交谈中方知她们是
来自沈阳的妹妹
“一家仨丫头都上北大
岂不是神话”
她们说，大姐本科毕业来进修
感知上北大的味道
姐妹仨和我们谈学风
天气、梦想和论文答辩
谈起匆匆而过的高考季
以及暮春暖阳下的学妹学弟
在光阴里读书，享受逝去的古风
及至深夜，对焦时辰星月
把别样的感觉都交与
校园流行歌曲
把斗转星移描摹成学术幻影

4. 有人惊呼“一塔湖图”

我们走近浪漫的博雅塔
前方昏暗的灯光
有人惊呼那就是“一塔湖图”
神来之笔，就像黑格尔喜欢折叠的意识
所有的思想最终都会被捋平
贝多芬也摸不懂琵琶
站在湖畔，纵观多变的风云
燕园波光与青蛙共鸣
我喜欢这深宵灰暗的月色
在一幅校园地图前
重新辨认北大的方位，感觉像
被哪个星体的光照得眩晕
譬如为诗歌中的隐喻
有一种“欲望满足后的厌倦”
悠悠岁月后，该如何去仰慕
晴天雨天，博雅之中的精魂北大
诸君可记否，那夜曾在未名湖畔数星星
分手时，我们彼此都未留下离别赠言
只是沾染了些北大的青春香气

2020 年 12 月 20 日

彼时的五位进修生是曾宪金、蒋光明、姜国栋、王汇秋、周九梅

那夜，在夫妻肺片总店

——兼赠 S 泓君

1

那夜，在夫妻肺片总店
向隅一角，灯光灰暗
多情的诗人，对着星月吟诵
外面的夜色下着小雨
旧人新茶，别样滋味
三盏清饮共举杯
从湛江回来的 S 泓君
如今，还是那么新潮又新锐
只是多了些沧桑韵味
爱和别离的痛切
岁月中的脆弱与坚韧
都沉浸在了那些悲怆的年代

2

春熙路，步行街
地铁口同把佳丽护送

灯光艳影下，还是那般娇柔
今夜，青春历经风霜
打折了沉壁的岁月
重叠的楼群
裹在多维的光圈里
移动的景象由远至近
一把小黑伞，罩着星辰和细雨
交会的眼神已经黯淡
在雨中放慢脚步
寒夜里，长发如瀑芬芳呼吸

3、

天底下，有人为女生打伞
横竖都是一种荣誉
可以细心体会
毕竟走过那些路
柳絮梧桐即成诗篇
逝去的芳华如翠鸟啄食
一路上，总会让人联想起
那些悬在云端的名字，青春
仿佛心中还在盛开的花蕾
只有闪烁的街灯，夜的呼吸
心跳成为寂静的足音
成都的夜色，此刻也很静谧

4

言说中到了地铁口
星星背影挥过手
沉在夜色灯光水影中
触碰之处，尽是一片朦胧
人生的某些关口，迎来送去
柔美，悠长淳厚
在此时，只为复活
仿佛上帝的一次指派
因为相遇不可预期
天地间很多人事
在岁月沉淀的眼睛里
沿脚本的脉络推进，还如我们
曾经排演过校园剧中的情景

5

此刻会面，有如行走的分行诗
我用笔端去猜度，老同学
悄悄地来，静静地去
分明是一道童年应用题
相聚在生命皱褶里
多年以后，我依然会忆起
水做的女生簇拥着你

那本青春仓促的书
一生飘零，红颜憔悴了谁
我们仅取一节
山峰再垫高一分
就如 S 泓君头上的发髻
秃鹫鹰隼腾起，有些光怪陆离

6

比如十五六岁，鲜嫩如昨
校园后山上，还有打闹嬉戏
“假女娃儿子，去了哪里？”
那时对女生的饥渴
一段又一段故事
都溶化在了脆生生的笑声里
说起“土尔其”，谁还有记忆
喝干墨水的那支钢笔
尘封着生锈的日记
开心，最是热腾腾的话语
青葱熬炼出的意境
真如步行街漫出的热咖啡

7

虚拟回到现实
叹息书包遗在荒凉的冬日

玩伴从梦中归去来兮
可以感受那些氛围
无论在何时何地都难以捡回
此刻，久远和逝去的都无比温馨
唯有青春期吟诵的歌曲
还那么清晰，黑板上的黑板报
歪歪扭扭的字迹
似乎永远都不能忘记
1976 年，怎样走出母校视线
放下笔头，轻抚曾经拥有的青春

2020 年 12 月 1 日

披着闪电穿行

——致文友 Z 颖君

1. 多少坎坷被填平

我读了你落日和余晖写就的诗文
关于过去很长一段岁月
你所经历的坎坷
如此众多的被填平
被发掘，不可忍受的
疼痛落在皮肤烙下的印痕
寂寞的夜色，落在花开的自在里
在大雾中面朝故乡，披着闪电穿行

上周或是二十年前
都没发生，但在你作品分享会上
却已经在发生
这个世界虽然很朦胧
透过你的眼神
告诉众人，你为什么有时
站立的身体都难以支撑
似乎只因为更清楚地看到

你还在痛苦地挣扎，虚弱地前行

2. 挣扎的灵魂

文友们的赞词
那只是为你的平安祈福
讴歌你逆行的人生
纵是没有迹象可以印证
但我看见一颗挣扎的灵魂
裸露在冰天雪地里
炭火熄了，经风一吹又燃起
你将虚构的日子
替代了漏斗里的沙粒
流亡的伤痕
聚拢在消散的时间里
让我们期盼、等待或翘首

卑微却顽强的生命
一次次在火焰中战栗
在不断受伤
不断复原中重生
曾经的屈辱与挣扎
有谁能体会
母亲劳作日复一日裹雪茄
也裹进了你童年心酸的泪痕
但凡经历过十六次搬迁的鸟巢

似乎，生活渐进如戏
你抓住流沙般的天真与新奇
向着光明，为了想要的明天更努力

3. 苦难的高度

曾经，缠在心上的锁链无以求解
生命在卑微中痛彻挣扎
“穷人思维”的合理性
有如太平洋上的风暴，仅仅
只是从大洋对岸的一只蝴蝶开始的
只要蝴蝶翅膀开始扇动
你曾经无数次地试验过
用蝴蝶的翅膀
扇动人生彼岸的生活幻境

境界，可以换个角度
坏天气都会变成好风景
苟且或梦寐的远方
在青春的荒野上落荒而逃
苦难筑成人生的高度
风中摇曳的每一棵小草
无论怎样悲催，都有自己的传奇
并不是在所有的旅行中，人都会掉进海里

4. 微笑着前行

你火热的心脏离太阳仅有两寸
过去的很久，你看见了些什么
是噩梦，是幻景
还是你生活的诸多具象
懵懂预约的那场爱情
遗失在岁月苍茫的前路
一个来自邂逅中的邂逅
给了你黑暗中如飞蛾般的追求

许多时候，人生过得并不如意
但还是要认真和努力
有时候，生活并不开心
但还是要微笑着前行
迎接到来的每一个日出或日落
去倾听花开的声音
你看到石头背面刻着的文字
为何不痛哭流涕
比如就像一只蚂蚁
蜷缩在海螺中的大地
盘旋的鹰在头顶
蔚蓝的天空，像绸缎一样白的白云

2020 年 10 月 21 日

青春不散伙

——致我们情绪的青春

坐在三月的最后一个日子
机场大道同学小聚
金童路品味江小白
小酌光阴，清炖板栗鸡
休管时光老去
青春情绪
夕阳下不老的话题
那些年学农学工的经历
涂鸦浪漫厚重的色底
就像当年的茶盘
打破白帝单纯的彩云
呼喊身边的空气
一树一树的枫叶如此亲密

岁月如歌，青春快乐
追逐梦想不再彷徨
杯酒可以释放恒久的快乐
曾经的孤独，也像杯子一样
只要能彼此碰撞，就不会有距离
多少年的青春未曾远去

释怀，真情姐妹兄弟
走近或走远都牵挂于心里
青春不老，试问曾经谁最美丽

肆意，相聚也是一种纯粹
纵然时间流逝
江小白亦能渲染我们青春的情绪
青春不散伙，就在此刻
深宵夜色里，因为曾经的你我
总有一些过往重现在荧屏
虽然芳华不再，我们还依然青春靓丽

2019 年 3 月 31 日

在旌城调元食府（组诗）

1. 雅聚

今夜，七月十八
旌城十四文友
以文学的名义
在调元食府，体验
以风的执念，雨的形态
遥想冬天里的旌湖鸥群游弋
绵远河，向远方流淌
成名的、未成名的作家和诗人
嘴里念的都是诗句中的绿肥红瘦
或将雅聚，说成是人生枝头别样的邂逅

茶楼，花木，佳句，朋鸟成群
同事，诗友，兄弟姐妹相聚
人生的舞台当珍惜
风雨路，聚散不由人
每一次相逢都是一次幸会
每一次聚会都来之不易

收获友情，收获纯真
放浪形骸，可以迎接一场大雪
凡尘世界，骨子里尽显文化胎记

2. 品茗七月

坐在调元食府，赏墙上字画
在古典飘窗里看市井流年
品茗，七月最美好的日子
此地的调元与饱读诗书的调元
并非一盘组合菜
只可在山水字画间
看岸上的香火和云烟
替在座的、过往的寻根问祖
满世界寻找那些早已丢失了的影子

恍若调元故里汶江通灌口
通达竹简上的汉字
尽写着川西坝子的风情
麻将声倒映成三星堆神秘国度
偶尔，赊一两首小诗给江边的行人
欲把烟雨摆渡成乡愁
录入《疏雨滴梧桐》
把明清时期的戏剧人生
统统编撰成《童山全集》
让漫山的贵妃枣在叫卖声中传承

3. 素宴款待李调元

我在佛山街的旅店里
用市井喧嚣的烟火打磨成诗集
存放在调元食府的书架上，任人打望
让李氏家府的闺秀
与我手中那首湿漉漉的诗相亲
打一壶道湾的风水
将那余光所及交与怀揣的温馨
也赠予东山上那些飘浮不定的祥云

我题写上联“曹子建七步成诗”
却难住在座的蜀中才子
有文友对出的下联是“李调元一时无语”
身旁的秋香说“这不正是挺好的下联?”
唐伯虎点评：“此人必是当今奇才!”
于是，我办了一桌丰盛的素宴
在山水字画间，款待德阳旌城的李调元
酒里乾坤，仰天大笑，雾满旌城

4. 卸下身份的面具

呵，我的文朋诗友
请拿出你们的佳作美文
荣耀、欢乐共享

虽然，我们既没有值得炫耀的桂冠
也没有谁颁发文学奖章
有的只是蒙童之心，常发奇想
文学，纯粹着时光的过往
志同道合，怀揣梦想
喝酒，吟诗，消耗诗歌的粮食

体制内的和体制外的
都要不忘初心、牢记使命
有信仰的和什么也不信的
纵然岁月模糊了我们的性别和职业
为了诗歌，也要守住底线
逝去的荣光和辉煌
还有永不再现的青春
在月光下，卸下身份的面具
到沧海桑田
做一个散淡文人
我们一起去耕种诗的远方
远方，有我们共同追逐的梦想

5. 挑着希望奔梦

今天的小聚
只为浅酌低吟
按住疼点写点自由诗
世界的单纯和复杂的人性

编织心中的玫瑰
用阳光调整自己的坐姿
分享荣誉和爱情
摆谈中，平平仄仄的单词
抚慰像马一样的眼神
通感张力装饰红尘浅笑
聆听对话中的人物
凡尘盛世，通通都写进冲突中的故事

有的佩剑，有的戴花
有的在反复叙说曾经的故事
都说自己是不著名的作家或诗人
这也让我无端地忧心
唉，我的文友，我的诗句
我心中的姑娘
你们总是让我朝思暮想
怕你们一夜成名，过于耀眼
又怕你们默默耕耘
挑着希望奔梦，写无用的诗文
不再大块吃肉，大碗喝酒

6. 人醉了，又何妨

今宵把盏金樽
任由月影在眼前晃动
烟火人家、都市情调

比如眼前的街坊和夜市
摇晃的酒瓶，摇晃心中那些激情
醉中细看《资阳人》
刊载德阳文友的那几首小诗
有文友说，小诗也可拿来煮酒做谈资

思想，在霓影的高潮中兴奋
月色轻抚零乱的醉影
文友小聚，是瞬间也是永恒
散落的诗句觥筹交错
如同曾经经历过的蓝天白云
包括金钱、啤酒和美女
都融化在杯影里，一饮而尽
寂寞或喧哗都如诗
今夜，方知世上不只有烈酒醉人

7. 直抵心中的长安

在鲜花簇拥的露台
喝高了的诗友，还在畅饮啤酒
让肆意喷洒的泡沫清醒灵魂
光着脚，像儿时的顽童
奔向金黄色的麦堆
有人呼："我们不是癔病患者"
只是出乎所有人的想象
边跑边脱掉那些极富象征性的外套

喜欢写诗的朋友，趁着月色挥洒豪肠

让我们一起在梦里
看世间繁花落尽
甭管唐诗窈窕、宋词豪放
只要自己内心阳光
如果你愿意，约三五朋友
我们一起去追逐太阳
莫负人生，在古蜀道上捡拾月光
捧上一卷书，带上一壶酒
一身轻松地直抵心中的长安

2019 年 7 月 18 日

14 人相聚旌城调元食府，三瓶盛世美酒醉倒半桌文友

西安大型历史剧《长恨歌》 二〇一六年摄

我们在旌城演唱

如果我要说
我们在金色大厅演唱
你一定不会相信，那是
我们心中怎样的音乐殿堂
没错，这里是洋洋百货是卖场
围观的群众戏称它是
旌城的金色大厅
直到我在此刻的凝望中
看见了一池微山湖的残荷
摆动着青纱帐，以及更远处
激情，在刘公岛上缓缓地流放
思绪回流，虔诚祭奠
我们在这里用心歌唱，人无语向天望

瞧，今夜琴键飞扬
一起合唱《齐鲁大地》
在成德同城钢琴音乐会上
只是没有央视转播
我们的“新年音乐会”照样唱
金碧辉煌的大厅

有小学生，老爷爷
还有购物的消费者身着盛装
两排崭新的钢琴，齐奏新乐章
让旌城的父老乡亲
瞬间记住了我们在“金色大厅”的演唱

此刻，吹的风都是维也纳旋风
流淌的都是高山几何
人头攒动
人和歌声在闹市中簇拥
梦醒，歌停，钢琴齐鸣
好似奥地利金色大厅
没有座位，都是站席
舷梯四周是美丽的彩色气球
橱窗精品，吊灯华丽
我们在旌城的音乐圣殿
用燃烧的骨头点亮金色生命

2020年11月7日

鲜衣怒马任驰骋（组诗）

找寻生命的突破口

如果散文讲座不卖假药
青春的聚集就是一场盛宴
三老一贤便可在校园
撒播文学的种子
在城北中学做一场文学讲座
300 余双闪烁的瞳仁追逐
梦想，青春和为爱许诺的远方
高山与平原舞动旗帜鲜艳
巨型屏幕，萌萌面孔
多少方程式会颠簸成不等式

纸页上的锋芒
半是成熟，半是羞涩
倘若能寻得生命的突破口
书写人间枝头恰如你绽放的青春
阅读，可以走进散文天地
在演讲厅在书桌上

标注深秋里的河堤
事物都有边界，但散文没有

听风数雁，不负春光

写作是在纸上呼吸
稻田的星辰，河流的雾
有老师主张，神散了也没关系
悠扬明净，就像林间山溪
从高处着眼低处落笔
让思维的红树林
闪亮于心尖
仿佛是从远方赶来
星辰穿过晚霞与晨曦
直抵冰清玉洁的年轮花季

应景派装点假大空
规避雷同，方为生花妙笔
辨识度凸显张力
切忌流水账，也莫走老路
在北塔山的月光下
听风数雁，不负春光
照猫画虎，也可传达胸中的意象

鲜衣怒马，任你驰骋

十五六岁时，岁月如纸
总是幻想十八九岁的样子
鲜衣怒马，金榜题名
整个天下，都任你纵行

窗外，青春的天空有些坍塌
红白蓝相间的底色
似春草，风华正青年
宛若星辰带电飞行

灯光照着孤影，裁剪长夜
谈笑间春风吹拂额上的刘海
深耕需要良好的心态
用俯拾的灵感书写静好时光

命运如群星裹挟的沙粒
也如你血液中的那勺盐
文字，就是你积蓄奔跑的力量
少年背着行囊可以走向远方

怒放的永恒

描绘此刻的甲子和青春

我找不到精准的词语
也无法叙说十四五岁的激情
原本，在时光机上刻着的年轮
好似眼下深度相似的校装
充满隐喻和象征
天籁之音是露珠的耳朵
都写进了云端幽咽的作文

博尔赫斯经典诗句说的是
我用什么才能留住你
这里没有绝对的宁静
在米沃什沙沙作响的笔声里
文字聚集无限魔力
终究不能抵达铁血的意象
不要让光阴的叶片
在幻想中卷曲或枯萎
涂鸦也是一剂生活的调味品

笑揽阳光

一些挥洒或陈述闪现宽屏
水滴大于星辰，月色映照飞瀑
谁会在一池深潭中潜水
水面闪光的鱼鳞
可以瞧见露水呼吸
写作的速度与琴声和鸣

微风记得散文的禁忌
就像琴师用一枚枚音符
撞击跳动的琴弦
岁月倒影划破寂静的山谷

顺藤摸瓜，适合口味
正如母鸡生蛋仅仅是习惯
阐述，举证，演绎从指尖发力
淡化功利，才可增强内力
空灵的声音力透纸背
精短而有意趣的文笔
可以更好地驾驭生命
眼神，是有想法的声音
绽开的花骨朵，笑揽阳光
雪一样的身躯直抵浩瀚的黎明

2020 年 10 月 29 日
为中江县城北中学北塔山文学社作诗

一瓶酒平分了喝

在省城，几位文朋相聚
酒过三巡，微醺的沙发有些晃动
大堂的圆桌似乎多了一只角
有些管不住风声的嘴
吃块西瓜或喝杯苦荞茶
自打新冠出现之后
聚集和咳嗽都要洗手
酩酊里，满怀小心思
出文集，上省刊
话题多是入这个会那个会
嗨，不是吐掉些酒气那么容易
世界上再难的问题
吞下去，喧闹中总有些玄机

桌长说，省得打嘴仗
一瓶酒平分了喝
喝不喝没关系
唯有我碰碰对面的酒杯
再夹一筷子美味
窗外车水马龙

引擎声裹挟着风声，为了把稳
人与人保持一定的社交间距
入不入会，不是主要话题
有情怀，敢担当，却不必假装
创作或想象，脚踏土地最稳当
涂抹的面妆虽洋气
但也要去掉文字上的粉妆
夸张意象，不一定是彻头彻尾的伪装

抽烟的厅堂渐渐昏迷
酒醉之后的诗人才恍然省悟
排兵布阵可以视而不见
瑕疵可以改装
只是我有些醉了
哦，跑了一天
躺下就想睡，还想着
今天，本应由谁来打个总结
只还记得有一个人
不说话，有些前背靠后背
风卷残云之后
看月光下的万物
缓缓长出的骨骼都很孤独

2020 年 4 月 16 日

五月，端午竞逐（外一首）

五月的端午
俯拾荒野的菖蒲
透过苍苍茫茫的水，我看见
有一个太阳和月亮对接
河水和菖蒲安静相处
曾经的汨罗河
穿过蜿蜒的溪流
将自己交付给
一蓬艾蒿，长满两岸
有人愿意跳下河去洗清自己
透明的血管流淌汉字母语
半轮蒿草作祭台
弯弯的月牙炎凉了一个夏季

只有一条忧伤的河流
正在赛龙舟，两岸没有观众
但我看到江水河底
极端之午，艾叶伴着雄黄酒
划过山岚或湘水之后
执剑问天三闾大夫

国无人莫我知兮，又何怀乎故都
涉江哀郢，忧逸畏讥
香草美人陪伴云中君
端午，喧天的锣鼓争相竞逐
千年感伤是否可以超度
楚国的天空，至今还罩着华夏的苍穹

渔火映照江湖码头

惜往昔、思美人、悲风凉
节日，在庚子端午
江上的风和烟雾，如果
喝一口江水，就该泥沙俱下
让胃里的沙子
置换睡梦中的尘埃
就将胸部交给医生透视
看看自己的粗粝、浑浊、支离破碎
曾经这里，过河不需要渡口
从小河奔向大河
一些情绪只在江上
诗章如密码穿越时空
看到的脸色在暗处，在阴影中

因此，我必须用一个合适的姿势
就像儿时的故乡，大河边
我站在摇摇晃晃的吊脚楼上

看过江的乌龙、黄龙
挥汗如雨，气喘如牛
酸痛的夕阳下，敲着竞逐的锣鼓
有谁吟诵《天问》《九章》
我无法来到汨罗江，喊你上岸
一曲《离骚》，至今还在诵唱
黄色的旗幡猎猎迎风
渔火盏盏映照江州码头
童年的河流早已化作祭祀的泪水
只有艾草和玫瑰会回馈我一袭凉风

2020 年 6 月 25 日

致流浪的普希金

在圣彼得堡
一位布尔乔亚小姐
矗立于你的雕像下，她身着长裙
双手托着一束鲜花，似乎在祭奠
你在雕像里凝目，眉锁诗歌的意象
喝完一瓶伏特加，还没有醉意
腹中像燃烧的火海，澎湃着
你的诗绪你的才气
那些狂放的阴影
就像默守一隅的青铜骑士
游走于涅瓦河口
三角洲安静或喧嚣，你总是徘徊于
辉煌与浪漫的芬兰湾
异域的女神，目光斜视，喋喋不休
可她们的舌头吐出的
也不是什么奇闻，怎比你在金色阳光下
去冬宫或是伊萨基辅大教堂
找个能抽烟的角落，自个儿乐
仿佛耳边响起巡洋舰沉闷的枪炮声
酒吧流行音符在夜色中流淌

涅瓦大街的街灯暗幽幽
咖啡馆的收银员正在准备打烊
你心里盘算着这里的风景
一位陌生人沿着铁路行走
晚归的工作人员
正在码头上大声吆喝
你瘫倒于大地无垠月光
流浪中的普希金
你是俄国诗歌的太阳
你曾两度被流放，与丹特士决斗负伤而亡
我曾经默默无语，诵读你的作品
但愿上帝保佑，因为我要出发了
赶紧回国，回到故地，生活还得继续

2017 年 8 月 20 日
在俄罗斯圣彼得堡瞻仰普希金雕像有感

诗歌笔记（组诗）

——重读三毛文集

我们在一个农家咖啡厅
聊大胡子荷西
前年我去过西班牙
九千公里路程，好遥远
你说更遥远的是撒哈拉
三毛去过，那里有阳光、沙漠和海

暖阳正午，躺在沙发上读一会儿书
三毛的文集
好似一杯催眠咖啡
有些篇章可以提神或镇静
精彩短篇可以咀嚼回味
撒哈拉，会有漫漫的黄沙
大漠荒芜或孤寂
生命的宽度可以一生追求

还记得，在《稻草人手记》中
叙说江洋大盗，可是
西风却装扮成卖花女
无形的长路在烈日中茶饮

守望着天使农场相思苦

巨人警告逃妻，为何
月黑风高的沙漠
碧绿的芭蕉叶挟着换心人
墓地后的魅影一直紧随
那是妖风在追击，能信否
有些主义，都可在沙漠上裸奔

放飞时间的绳索

合上书，似乎要睡去
窗外的星辰，是我用纸和笔
渲染的天河倒扣沙漠
荷西的妈妈走进三毛的领地
三毛只有站着打盹
婚礼不再是两人私奔的罗曼蒂克
永远的夏娃不会指认
天上的神树是宽松的睡袍
就像开在繁华里的荒漠
生命的意义便是寻求爱和自由
用时间的绳索放飞撒哈拉
日子在絮语里慢慢走过飘飞的黄沙

我很清楚，那些在书中画过的横线
不会都像一条奇怪的狗尾巴

一些章节的精彩讲述
不造作，也不故弄玄虚
海风吹过咸咸淡淡的文字
推衍成三毛故事中的故事
沙漠饭店五颗星
娃娃新娘，悬壶济世
在荒漠之夜的灯影下，写家书
交给渔夫，告诉他
呼呼风声里，沙漠观浴记

海水倒灌洗肠胃

爱的寻求只为白手成家
守住黄昏，守过夜晚
芳邻，天梯，结婚记
统统写进了风沙浇灌的文集里

读三毛每一部书
沙漠可以长成意象中的大树
夕阳下，撒哈拉
串起一条生活的主线
书里满是幸福的日子和风沙
骆驼头骨作书架
二人世界缺水不缺油
旧轮胎做成鸟巢沙发
空心砖垒起沙漠上最美丽的家

与邻居微笑，释放善意
身边的小药包，成了济世神医
心底怜悯，到女巫市场
偷偷向嬷嬷买下平安、爱情和幸福
裸露的坟场捡拾了一条生命
定情信物是骆驼头骨，彰显爱情和自由

露营星空下

在风沙中呼吸，难忍口渴
尘缘，不是哭泣的骆驼
自建温馨小屋，幸福自在沙漠
苍穹下，加那利群岛共筑浪漫小窝
放眼数星星，逍遥七岛游
三毛荷西，一对神仙眷侣
走过一座城又一个镇
在破旧的风琴上索要圣水一杯
幸福，就是枕在荷西的膝盖上沉睡
许多次午夜梦回故里
揽一缕白云披风
与满载星光的帆船同行
直到夕阳落下山岗，洞藏
思念几成坟茔
拉帕尔马带着春天悦人的寒冷
有情人在星空下露营
帐篷内外，精彩演绎人生浪漫剪影

入夜，窗外的沙漠狼烟
常有许多弯曲的身影
却为何执拗地书写着自己的乐章
看三毛，看人生
孤寂方是本真
云雾一般的生命
舒展随心所欲，无须无病呻吟

三毛的碎花裙

小镇上的夜晚常常风声鹤唳
巨大的回声如雷鸣
就像有人在脖子上
画了一条重重的横线
苦涩睡梦在荷西建造的蜗居
月黑风高，梦却是踏实的
因为星辰总会相伴
待到半夜醒来
荷西已随潮水退去，在海的深处
把三毛留在了撒哈拉
留在了碎花裙子里
皓月当空的夜晚交出了你
不再看我，不再能说话随影
同一条手帕擦你的血，擦拭我的泪

翻书的不问章节
远行不分早晚
守着心间的静，遥看沙粒飘飞
掸去满身灰尘，抹淡人生
合上书，慨叹三毛
健康、豁达、至真至纯
还有人说：流浪的女子都带有故事
桀骜而动人，大漠流沙
爱情不问途程
三毛的笔下
浩瀚的回声永不落寞
苏格拉底死前也曾说过：
“我去死，你们去活
谁走的路更好，唯有神仙知道”

2020 年 6 月 3 日

作别远去的诗人①

理想是火，点燃熄灭的灯
平静中，你走完命运多舛的一生
东至入海西至荒漠
却是流沙误成河
童年逃逸的那只蟋蟀
登上了中学语文课
“十月读书会”后
青灯黄卷，绿窗白纸
情诗六首，缝补着你的爱恨情仇
后人评说，你是历史的脊梁骨，美丽的珍珠链

曾经沧海的你，留下一只空壳
患难岁月相知相守
路上春色正好，天上太阳正晴
你为何又主动选择孤独
总记着你在灯下读书
理想之石，敲出星星之火
在窗前望月，在书房创作
在梦中听屋上的风雨和邻家的鸡啼
让尘世的纷争遗忘

让岁月在门外悄悄地走过
但今天，将如何去点燃熄灭了的灯
诗意的天府轻扬沙尘，诗国的天堂流沙成河

不眠的归来与出发
你的理想，与星星一起烛照
古老的汉字
组合成意象的公理良知
奇妙诗篇愉悦避世的梦中人
也悄悄许给了冬天的白雪
寒冬并不暖和，只怕檐冰结成柱
鸟啼残雪树
沙老，一路走好
但愿您来生还写诗
理想之马从此扬鞭
先贤归海，天国也有你的诗歌

①2019 年 11 月 23 日，著名作家、诗人、书法家，88 岁的流沙河在成都与世长辞。沙老一生创作出大量作品，诗作《就是那一只蟋蟀》《理想》被中学语文课本收录。

2019 年 11 月 24 日

迤沙拉的风

网红打卡，迤沙拉
向左向右
云贵高原不见风沙
但却流传着很多神话
有诗人说：
“迤沙拉，一个多彩神奇的梦
走进迤沙拉
如同走进一片净土……”
红墙灰瓦，碧蓝天空
祥云之下残垣连着老屋
高原之上
红白村落飘云中
此情此景醉了远观的游人
也醉了蓝天下山寨的田野清风

遥远的从前，一个自然村落
何时成了怡然的国度
瞬间涌现在眼前
在古乐温婉的音韵里

彝家美妙的谣曲
唱的是山寨那个幺妹哟
独自坐在那个角落
生出一对甜甜的酒窝
祥云环绕中，哭嫁火把节
山歌民谣便是天堂里的耳朵
梦幻栖息，谈经古乐
待到一炷香火燃尽
满目黄花、翠竹、竹烟筒
幺妹的哭容怎能不让人牵肠挂肚

啊，迤沙拉，我该怎样将你讲述
迤沙拉的日子中
透着苏皖民风
四合院的炊烟
好似秦淮人家情悠悠
来到此地，我知道
目之所及都是别样的风景
贴着木格窗棂的眼
我看到红墙黛瓦上遗落的流年
和那些色彩陈年的相思
听觉之外所有的感官
在夜晚，感受寂静的山寨
神秘无边的窸窣，窸窸窣窣

顺着老屋的墙角，深夜
生出的那些念想
北魏的阵阵古乐
它是历史钩沉的遗落
很陈，很旧
迤沙拉的风
吹暖了南高原的民俗
由南到北，从西向东
透过心气儿，窜入毛孔
留给人间一片清凉和厚重
呵，眺望古老的村寨
葡萄园在风中，结出一串串干红
村外那条悠悠的小马路
是否还会有一队队马帮从这里走出

迤沙拉，迤沙拉
山涧的甘泉不曾漏下
血脉流淌的天空
骨质里浸着中原文化的日头
街巷门肆、骡马客栈
多沿明朝南京先祖的体例
家家是院落，精美瓦当
工巧檐牙、透雕棂窗
湛蓝的天空大幕
羊皮鼓，迈方步

高山大乐气势磅礴
我站在葡萄沟上眺望
原野上，微风里
浸泡的都是彝家酸酸甜甜的日子
迤沙拉的风，花香甜蜜，和风徐徐

2022 年 2 月 15 日

有鸟在鸣叫，有云穿破雾

七月流火八月炙烤
参加省上大赛
于我们，又是一场大考
时下，酷暑难熬
德尔塔病毒不请自到
60 岁上下要当心
连地球都在发高烧
外出避暑或旅游
是否听到集结号
务必带上核酸检测报告
连同自己的情怀，去迎接一场好雨
因为，我们依然心还不老，身体尚好

在珠海赶往成都动车上的乔乔
从天津从重庆武隆自驾返回的
都要带上风尘，带上《旗帜颂》
向备战合唱微信群报到
复赛，录视频①
赶时间，任务紧

在浙江在彭州的来不了
好在有热心的姐姐陆红萍
平舌与翘舌，帮大家校正发音
其实，合唱的声音是艺术
咬字和表现出的状态都是艺术

分声部，风雨无阻
单练合练
最刻苦莫过低声部
血液和呼吸在胸腔里
在气流的上升中挺胸收腹
只需把你的嘴张开
人合意合声合
像大海初醒，气流喷薄而出
排山倒海，渐强渐弱
时而轻缓妙曼，点赞
就连张老师都伸出金手指
共同演绎纯洁、高雅、精致

化妆间荡漾着声音的绿波
有些长裙陡然长高了
成批的美女盛装出炉
一如金桂的花朵，美美的
旁边男生都是绿叶一族
有色彩鲜艳的手机

记录下了她们幸福的妆容
长裙短袖，短袖长裙
有人在思考，此次能否入围
一等奖是否在远处招手
好比那张美女蹭饭图，捧腹喜庆

录制视频，也是一场天地大考
放松身体，面带微笑
信念纯粹，用面光
稳住节拍，深情守望
看前方旗帜在飘扬
灯光下站得太久
两腿酸软，簌簌落下的音符
扎痛了白色高跟鞋里的尖尖脚
晨光熹微处，成都在招手
不管明日是否有一场强降雨
岁月的浪盖过岁月的沙
唱歌亦是一种诗意的挥洒

有鸟在鸣叫，有云穿破雾
反复唱，歌声告别疼痛
女声像孔雀的羽翼
声音总是那么干净
有如金丝雀、银铃般
辽阔在上，爽朗也在上

相信歌唱的力量
原型如初，时光静朴
生活好比一首田园恋曲
我们都是云和雾
笑迎时光，执着坚守，优雅幸福

①复赛录视频，参加第三届全省老年大学合唱比赛。

2021 年 8 月 20 日

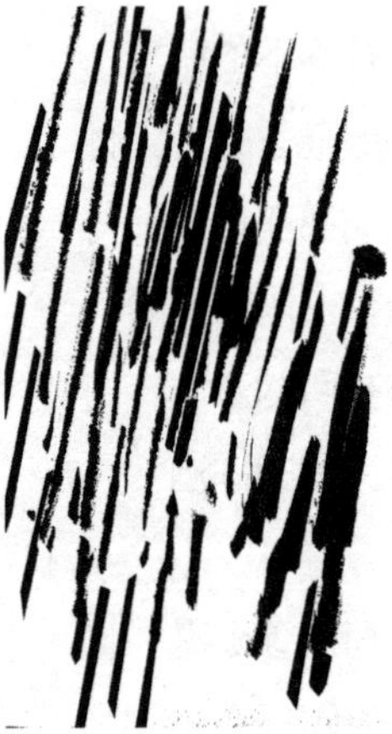

第三辑

布满耀眼的金光

告别，无须仪式

精彩不再属于你

今朝得到退休令，是忧是喜兼无语
人道是大幕将谢，一切宛如游戏
岁月不再，白发几许，精彩不再属于你
唯有心中的感动，尽在四十二个春秋里

告别，无须仪式、鲜花和赞语
莫惆怅，人生之路本崎岖
不上班，还拿钱，这日子好不惬意
自由的脚步走到哪里，哪里就是律动的韵律

只可惜，难舍那案头大摞旧笔记
年初的计划，年终的总结
写过的调研报告，起草的领导讲话稿
走基层，到学校，搞视导，都如风烟渺渺

也许到了八十岁，你都不会忘记经历了几任局长
几多书记，几多沧桑几多风雨

那如山的草稿，开不完的会议，写不完的笔记
都随江水东流去，可那都是人生拼搏的经历

挥挥手，就离去

挥挥袖，告别今天，抱着纸箱一人走
流逝的光阴，再也不是风景
少壮当年亦风流，如今白发银首
但将功过与人评，说声再见莫回头

阳光所经之地，繁华落尽别再回头
趁年华，把酒临风莫停留
任由心潮涌动，红杏开满枝头
天上撒野，云端纵酒，一醉方休

在静静离去的那一瞬，谁在眷顾，有谁挽留
远去的背影，接纳与拒绝，灵魂开始游走
那些美洲般的欢乐却一次次沦为地中海的忧愁
还有谁会想起法兰西。离去，你会更加自由

休闲和怀旧，感恩悄无声息的日子
其实，这种人生也是多么幸福
也许告别了喧哗，离开了组织
看月无声，问花无语，我用苍白的文字宽衣解带

时过午后，重新上路

江河不会回头，高山锁不住风
封存往事，扔掉手中无用的签字笔
卸下云朵和焦虑，学会关照自己
放下心中的期许，曾经的过往不值得一提

石头和雨水，既然摆脱了历史的回忆
远离潮流，任由心儿放飞
生命不炫耀，趁着月色回到精神故里
在一个人的书房，书写风花序曲

重新上路，去寻找旋转的星空和熟悉的面孔
挥毫泼墨，绽放别样的涟漪
只愿花海或草浪淹没自己的身影
在暮色下，走路不必蹒跚，也不劳神费力

我坐在朝霞披肩的山顶，在河堤诵读普希金
开车路过，带着心中的女人
带上柳笛和护身的观音，任世间翻云覆雨
时间将于此洞开一个奇迹，梦幻的荷花向远处飞去

2017 年 10 月 20 日

复赛如歌

哇，真的啊
复赛，我们杀入前三
掌声响起鞭炮齐鸣
我们的出场旗帜飘扬
队形也很漂亮
合唱团员港港的①
斟满香槟，心花怒放
摘金夺银，决赛的路
更精彩也更残酷
精心打磨，修正弥补
再努力，向前冲
越过高山穿越大漠

许书梅记下的那张成绩单
绵阳打头阵，德阳压后轴
那唱腔，那队列
惊艳了现场五位评委
张老师弹唱指挥融一体
名师出高徒，诸君多努力
男高音高亢亮丽

脑中气流，体外静电
还是那女生的声音最柔美
基座雄壮低音男
江河湖海飓风扬
决赛，才是我们驰骋的疆场
风雨无阻，执着坚守
五十双眼睛团结一心
通透明亮，汇成一个声音
合声之美和皆大美
侧耳倾听彼此的气息

待到秋光沉静时
川台演播厅
再展我们健硕的身影
甭管群里发红包
还是开宝马车
我们的目标就是问鼎冠军
光线之外，一切皆为多余
只希望奖牌上
写上我们的名字
让我们在歌声优雅里老去
身材无敌，年龄成谜

①港港的：很好的，很棒的意思。

2021 年 9 月 16 日

决赛，担山赶太阳

有时候，唱歌也是战役
在冲锋的决战场
在川台 S1 演播厅
全省老年合唱，12 支劲旅
主战场，第二现场
此队唱罢彼登场，热血将士
一路冲杀，震撼的音乐削铁如泥
一路嘶吼，我们血染战旗
亲友团摇旗呐喊，太阳在天上

手挽手混声合唱
雄浑豪迈，迎风破浪
《旗帜颂》，将士们用鲜血铸就
如果卸下偏见和固有程式
零点零三，一步之遥
疆场上的劲敌，还有上帝
谁能说，我们不是一流团队
除却成都，蜀中唯我第一
这次第，足可以傲笑江湖天地

添彩妆，再创辉煌

同声吟唱，担山赶太阳
如果万物伸开手指
山与水是亲戚，方向必有联系
高音与低音，山羊与夕阳
娇艳如皇冠上的颤音
舒展韵律，唱响命运的绝句
定有山高水长的悲悯

今夜，我无法忽略
激情燃烧之后却被风吹灭
那些脸颊连绵成片
暗淡灯影下是飘扬的旗
妆颜，微笑堪比蝴蝶的羽翼
合唱之美，颤动旋律
放飞白鸽飞遍寰宇
高楼与天空在恢宏的时间里聚集

不改初心，清风欲醉
岁月之痕梦境之外，蛙声齐鸣
而我只愿与凯旋的合唱团员
烹茶，写诗，邀月举杯
用歌声抚慰夕阳之后的静美
向着东方快乐哼鸣
人生最开心的事莫过于此
开心的容颜有如一首朦胧诗

2021 年 9 月 26 日
诗记德阳梦之韵合唱团参加全省第三届老年合唱决赛

在高槐种下些文字

高槐村，时光如昨
今夜，星光下
绿草坪，灯影中
沉醉的晚风
星辰各就其位
静静等候激情点燃夜空
省城来的作家诗人
和本地的文朋
在草坪上喝茶，饮酒
小溪边，一丝银月
深情地将诗歌吟诵
立着的背景图
如我童年的老屋
高槐，秋赠诗意一抹
灯光暗淡处
曲子，颂词，眼神
都是有想法的声音
但听得箫声一枝梅花泪
婉贞独上西楼
高槐的风会写诗

皆因脚下的沃土种着文字

如果可以邂逅，夜色轮廓
都随了村子里的小桥
画卷里的流水
眼前的景象可以
闻稻香，听蛙声
把盏邀月，深情回眸
清草气息中
是虫鸣，犬吠，人喧
文学发烧，诗歌做成蜡染
晃动的影子成为影子
他们都是夜色里的主人
而我只会用此山向晚的神秘
鼓荡远山的楼影
把高槐妙曼的夜色告诉世人

领略今夜的风情
冷餐的杯子
与清凉的晚风都是朋友
借着东圣的美酒，有人
一边宿醉，一边扫描微信
此刻，哪管创作或发表
在潮湿中恍惚，在狂饮中
挥洒胸中积郁的疼痛
野花在风中倾情

朗诵的歌词有另一种暗示
而我只会写一些杂芜的诗句
像风干的露水在叶片上
留下一圈轮廓

当韵脚停摆，彩灯隐去
我欲叩问，时光是否可以
铭记此刻的盛景
今夜没有苍凉，只有感动
就像刚刚齐唱《难忘今宵》
纵使饮下司马相如的清酒
绝佳的诗行也难觅出处
那么多名家或诗人
悄悄来了又离去
只留下些花茎、苍苔、草坪
和我无处搁置的浅梦
在高槐村种下的那些文字
会不会在秋风中枯萎
或是释放人间甘露般的鲜美

2021 年 9 月 10 日深夜
成德眉资绵文学联谊交流会感怀

辉山村，乡愁记忆

这里不是延安的窑洞
是中江富兴
辉山村的乡村记忆
养猪养鸡，上个世纪村集体
石拱桥，养猪房
如今变成不复存在的静谧
石砌时代，体验农耕文化
村支书陈小花
带我们走进原乡故里
她说，三年前
村民周宗恩，承包荒山地
依托石拱房，用心做公益
村史馆写满了浓浓的乡愁记忆

黄昏的时光斑驳
时间的原理已然锈蚀
辉山人物志
从农协主席到支部书记
这里走出的历届领导，军人
打工仔，致富能人

都在石拱洞里一一陈列
陶罐，八仙桌，柴火鸡
老物件，旧家具
扁担挑着乡村记忆
新婚故事曾经在架子床演绎
缝纫机，收录机，石壁上挂斗笠
石拱洞里收藏着满满的思乡愁绪

老人相框，少儿奖状
三脚烤火炉很接地气
木桶石磨太师椅
布票粮票火车票，还有大队介绍信
门前有个小狗叫乖乖
逢人都要俯下身
亲吻众人的脚背
耕读传家久，诗书继世长
致富路上，唯有奋斗
才能一点一点地改变
辉山村，让我真切地体味了一把
浓浓的乡愁，绵绵的情谊

2021 年 7 月 23 日

参观中江县富兴镇辉山村乡愁文化记忆馆感怀

半闲瓦舍梨花吟

1. 琴声与荷尔蒙

梨花白，梨花香
歌声荡在半闲瓦舍上
一方天井下
一架电子琴
教师弹，学生唱
很多面孔神采飞扬
歌声从农舍滑向山岗
漫向九龙沿山梨花大道旁
满山遍野梨花香
大众的歌，小众的曲
和弦与荷尔蒙在胸中涌荡

音乐课，上到农家山庄
那是开放的课堂
《我和我的祖国》
合唱团员唱得最响亮
《旗帜颂》混声合唱

扯下半片彩云，致敬山乡
永安一曲《多情的土地》
有“美眉”乘着歌声的翅膀
潮湿了一双双眼睛
老师隆重推荐两位新人
他们是刘剑和张垒
还有特邀嘉宾余得峰
他是西藏林芝来的帅哥哥
恍惚的梦境，似如大地的倒影

2. 沿山十里赛抖音

餐桌上，众女生
拉歌赛抖音
我的那个哥呀哥
齐唱陕北民歌
唱的是泪蛋蛋和酒杯
“酒瓶瓶高来酒杯杯低
这辈子咋就爱上个你……”
无论是萌萌的女神
还是大碗喝酒的男生
缘何，有些灵魂和身影
“酒瓶瓶倒来酒杯杯碎”
激情的波浪，差点掀翻八仙桌的腿

沿山十里，万种风情

怒放的长裙在花中矫揉
男学员围坐在村舍小茶园
喝茶聊天饮酒，天南地北
大碗的酒话，大碗茶
湮没了花海中的神话
城市与乡村邂逅
胭脂的费用远比年龄贵重
这一点更像花蕊露出怪怪词语
自古以来，有人会在这
一片沙哑的田野上
沉思，如梨花丛中农家小园
一些笨拙的抒情披上了清扬的诗韵

3. 半闲瓦舍梨花吟

万物不绝的声音
续写着一场盛开的花事
凝望山脊的重音符号
我们曾如此渴望
命运的波涛
倘若独坐一方，方悟到
花丛下的美人，稍加赞美
便成了人生最曼妙的风景
只要我们围坐在一起
就会汇成一个声音
方显从容与淡定

是乡村泥土清香
抖落一地情歌
瞧那集体合照里
小马姐姐只露了半张脸
平仄间，更像是一阕古词《浣溪沙》
乡野里吃一顿农家特色餐
红苕尖、豌豆苗、牛皮菜
品评军用水壶盛装的老白干
泥糊的院墙与竹编的篱笆
色泽润过池塘的倒影
在半闲瓦舍门前
留下的那张张美照
都笑成了杏花、梨花、菜花黄

4. 即使上帝沉沦

唱吧，我们围坐在一起
就这样呼啸，奔涌，震荡
合唱团员心中的歌
好比大河乐陶陶
春华秋实，四季轮回
有时，沿着陌生的寂静
花事无须字正腔圆
也不会肝肠寸断
要过的日子

要走的路也无须血脉偾张
迟暮的夕阳，也是美好的风景

即使上帝沉沦，哲人荒谬
走进花海是一种陶醉
爱恨交织，我们都将走进
一个圆满中的轮回
花开花落，云聚云散
每次相聚心暖如阳
生死相依，激情丈量
人生还有多少
难以托付的秘密，招惹花香

5. 微笑皆是好诗章

又是春暖，又是花开
可以触碰的韵律
筑就沿山一道道风景
坑坑洼洼的路，坑坑洼洼的心
哪怕瞬间哭诉和闭目
每一次跌宕，每一次起伏
都如人生僻静处，谁在等候
那颗宁静的心
少些期盼、多些宽容
花事的盛与衰，微笑皆是好诗章

脚踏满山的碎花
却挪不动沉重的脚步
赏花、嗅花、问花落何处
哪一束是我的心肝
暗伤袭红袖
温馨包裹在洁白中
芬芳间弥散着你我的情愫
和那些含情脉脉的眼神
只见你是那样疯狂，那样动容

6. 任思绪流水行云

沟壑或慢坡，都是你的倩影
祥云下沾亲带故
似云似雪纯真的少女
散落的花瓣，排着队的树木
浓烈而奔放，阳光耀目
满是追随你的眼球
草和庄稼是你悠长的梦
女人的三月缤纷绚丽
携文朋歌友
在一朵梨花里写诗
享受比桃园还美的诗意

我和我的诗
是花香里的轻雾

生来便会越过低谷
那些温润的花瓣
明晨开窗，蝴蝶纷飞
有些绝妙的风景陶醉迷你
花开花落只在瞬间
如果你有一个新梦
便是万花筒里的世界
任思绪流水行云
让歌声去往远方，充满爱恨情仇

2020 年 3 月 5 日
于绵竹遵道镇棚花村梨花丛中

朝圣，是为了坚守

1. 学党史到延安

在延安，在革命旧址
在中央大礼堂
树林下，屋檐旁
到处都是学习的队伍
认真听，老师讲
在高高的山岗上
有来自全国的无数共产党员
带着小板凳，打着小红旗
学习党史，抚今追昔，不忘初心

我们都是普通的人
普通的共产党员
每一个人都怀着朝圣的心
不惧山高路又远
洁白的情愫闪红星
初心只为溯本求源
我裁一片白云跟党走
从春走到秋

把春色带到天的尽头

跟着春光走，跟着太阳走
历史和现实都告诉我们
事业发展无止境
学习也无止境
全国人民齐努力
不分男女，不分老幼
大家都来学习
紧跟党中央
复兴路上再添动力

2. 举起右手，我宣誓

一个举起拳头的集体
在宝塔山上庄严宣誓
重温入党誓词
不忘初心、牢记使命
在陕北在黄土高坡
黑白时光被红色照亮
只愿做脚下厚实的土地
永远高昂时代的群像
我折一根白杨枝跟你走
就像孩儿般牵着妈妈的手

弯下腰，俯下身

亲亲延安每一寸肌肤
深情簇拥宝塔山
谢子长，刘志丹
一个个如雷贯耳的名字
瓦窑堡，南泥湾
一个个耳熟能详的地方
热血不冷，丹心依旧
走冬夏，走春秋
我却无法用文字表述
峥嵘的信念和坚硬的骨头

顺着旗子的方向
我用腾飞的翅膀
收割希望和惊喜，用目光
去丈量自由的天地
和心中最圣洁的信仰
我宣誓，随时准备着
与你一起，新长征新突围
就像奔袭的延河水
带着我激情奔涌的诗章
穿风而过，创造如火如荼的奇迹

3. 信仰，该如何坚守

信仰，该如何坚守
心中的理想

如延安的天空
当别人坚守的时候
你为什么坚守
当别人都放弃的时候
你问问自己为何坚守
革命的理想为什么会在
贫穷的荒野高于天
今天，作为共产党人
我们的信仰又该如何坚守

此刻，我就在延安
喧嚣声里，延河水
还在奔腾不息
这河汉山脊将勇者铭记
革命的气象豪迈无比
在浓浓的树荫下
围在一起讨论学习
用延安精神淬炼自己
在这里，我感受到
红色基因铸就信仰的丰碑
千万次坚信过的
黎明从此来了

太阳加速，明月满轮
那些熟悉而又陌生的名字
伴我走过山路小溪

我捧起理想和希冀
延水河畔，阵阵花香鸟语
我激情相拥这片多情的土地
仿佛拥抱妈妈的身躯
感受疼爱的情意
枣园，宝塔山，延河水
犹如铜墙铁壁
坚守入党时的信念，更要守住初心

4. 前方又见军号响

在杨家岭，在革命的旧址
伟人似乎又在挥手
送走一批又一批革命的队伍
远方硝烟弥漫的战场
在空旷的山谷回响
军号一次次响起
而那些朝圣的脚步声
正从四面八方赶来
直到窑洞前燃起一盏灯
山川与河流又重新集结完毕
他们，正在齐刷刷地给杨家岭敬礼

在南泥湾
花篮的花儿香
花海无边似江南

思想的光辉，群众的力量
至今依然熠熠闪光
探寻和朝拜
只是为了革命理想
三五九旅艰苦开拓向前方
红色基因，薪火相传
人民对美好生活的向往
就是共产党人永远奋进的方向

在枣园，五大书记群雕像
波澜壮阔掀晨光
看那必胜的信心和希望
枣园夜空闪烁亮光
致敬共产党人
革命的理想高于天
一个不屈的中国
正以青铜般的骨骼撑起
人民殷殷的期盼
中华大地百年之变局
精彩的更加精彩，辉煌的更加辉煌

2021 年 6 月 11 日

随四川省作协系统党史学习赴延安感怀

在延安，当我看见山丹丹

曾经梦里回延安
激情的岁月
总记着那一句
“羊羔羔吃奶眼望着妈
小米饭养活我长大”
多少年冥思苦想
华灯初上，延安我刚刚到达
宝塔山脚下
相遇一群山丹丹青春勃发
她们是延安大学的书生芳华
举首处，无人吹箫
也不见如织的人流
唯有月色似水
延城的风啸月夜
深宵灯影下人影行走
灯火阑珊处，蓦地想起古人词句
“波心荡，冷月无声”
勾起心底处那些曾经的激扬

此时正是创作诗歌的好情景

微风中一簇簇山丹丹
在革命圣地，在延河街头
徜徉吟咏于花间
动心处不再是硝烟一片
入夜在延河边品茶
既能仰视，也能沉默的地方
读诗，陪丽人，昂首看陕北的云
寻找诗歌的倾吐方式
山丹丹花语团结向上
鲜艳，正象征着热烈的生命
也像生命勃发的革命战士

至此，如果换一种姿势
以山丹丹花为题材
生成的诗句
你是我生命中的红颜
茎上的句子可以晚出云林
纵使是零点，有时也称早晨
离开了圣地和旧址
总想把那些传说中的故事
演变成今天的日子
日子里，深深浅浅的划痕
方得清芬兰芷
爱出皈依，写出意境
当我看到的山丹丹
有几十朵花同时开放时，无疑

她们都是陕北草原上的女神
绽放独特，魅力此时
只需一滴露水，今夜灵魂都可以打湿

2021 年 6 月 6 日
深夜于延安延水河畔

今夜，唱响美华

今夜，我们在美华
混声合唱《母亲的微笑》
挂在心灵的树梢
唱《思恋》唱《天边》
《每次见到你》
莫尼山[①]青草绵绵
唱《鸿雁》激情满天
大海航行，追忆流连
我们放开嗓子唱
从星星唱到夕阳
我们的祖国歌甜花香

当歌声穿越时空
舞台聚焦荣光
留住岁月的芬芳
万物相依，携手同行
看冷暖风云
多少往事，追梦夕阳
不失落不蹉跎
长歌一曲，凝心聚力

今夜，我们在这里相聚
彼此珍重，相爱至永续
歌声和爱情是永恒的主题

同携手，抒写五彩旋律
每一句歌词，每一片情意
伴我们一起走过风风雨雨
歌友们，兄弟姐妹们
让我们一起唱吧跳吧
今夜，难舍梦幻
时光不老，我们不散
携手并肩星光灿烂
今夜，金杯银杯斟满酒杯
让我们在美华共举杯，难忘今宵
纵情歌唱，唱出花甲梦想

①莫尼山：即乌拉山。

2021 年 1 月 3 日

今夜歇息萝卜岗

汉源，花开时节
携侣自驾
一路梨花纷飞
穿越雅攀高速
我们四目向着远方
停歇在萝卜岗
思慕远方的大野
脚下几十米处就是汉源
湖底躺着大树镇、海螺村
旧城摇曳，湖水涟涟
近水远山，大相岭人寒路高
春风赠送十万吨阳光
万千梨花风尘飘飘
鲜花碧水阳光城，一睹风景妖娆

泥巴山，危乎高哉
我举一头白发而来
穿过十公里隧道
一瞬间历经两重天
雨城雅安在北面柔情万千

南面，攀西高原风轻云淡
心中怀揣着最初的心愿
只为赶赴人生的又一个站点
掂量山水的轻与重
我茫然地快乐
唯愿与春风同在，梨花盛开我盛开
慢慢享受，慢慢变老，明天精彩斑斓

趁着早开的梨花
蜜蜂还没醒来
朦胧中告别漫山的雪白
和被水库放大了一倍的群山
连天接地的梨花
花树依依，摇曳生辉
风动的叶子分辨不出
哪是正面哪是倒影
哪些是古道峥嵘
此刻有花香撩起的欲望
人在旅途，拷问灵魂
呼啸间，轻车已过泥巴山，雄关漫漫

2020 年 2 月 21 日

于雅安花香迷人的汉源湖畔

卡夫卡站着的橡树

在三月的春天
从山海关到德令哈
人们读着海子的诗集
麦田村庄大地
季节，从此不再冷清
关于石头的叙说和悲悯
将《日记》写给意象中的姐姐
将胜利馈赠给胜利想你
想你在三亚的风口
在德令哈风中吻别空洞的爱情
卡夫卡站着的橡树，花开无语
死亡之诗离赤道和象牙之塔很近
海子孤独，纠结着总想解开人类的谜底
在夜晚，我只想将剩下的诗情再次怀念你

青铜浸透忧伤故土
活着的人和死去的诗魂
岁月尘埃伊城的风
曾经拂过诗人的头颅
面朝大海，青海湖
告诉秋天的村庄和城镇

其实每一位诗人所写的爱情
都与绿松石无关，只因你是个特例
春天里，劈柴喂马
周游世界德令哈
安徒生叶赛宁心中横亘的十字架
看一些人后退一些人前行
皆因痛苦是酒精，喝酒不只是麻醉灵魂

孤寂的世界里，诗人
只在某段铁轨破碎的遗梦中
在一截枕木上不能自拔
碾轧成亚洲铜里爱飞的鸟
纯真敏锐，最后做成了公园麦地
祭奠，用无名的野花
写着秋日黄昏经幡
孤独如天堂的马，麦子给了萨福
白杨树围着的月光并不悲伤
酒杯吟唱的诗中
春天里又见十个海子
在河流之中，在太阳之下
在永恒的黄昏等一场秋雨春花

2021 年 3 月 26 日
作于海子辞世 32 周年

塞班岛风光　二〇一七年摄

人间的亲情会不会就此变轻

——颐养院探母

在康和敏盛颐养院
探望年迈九旬的老母亲
每次交谈或是作别，母亲都泪水洗面
我从未想到，送她到养老院
她都吵着要出来，生活不能自理
后人没有更多的办法和选择
近日，她说要准备后事
要我们购买寿衣
要我选一张照片去相馆放大
作为自己的遗像
我选出了一张母亲的照片
笑容可掬、慈祥漂亮
那时她还没有生病
没有腰椎间盘突出，身体能挺直
而今，母亲知道
她再也回不到从前的模样
在镜头前拍不出健康淳朴圆润的照片

母亲说，我舍不得你们

但人生没有永远的相聚
她会和其他逝去的亲人一样
以照片的方式存活在后人的心里
今夜，我会对母亲说
唯有逝去的那些旧日子
母亲带给我们无尽的幸福
疫情下，我们与母亲隔窗相望
开口时堵住喉咙的干涩，而泪已潸然
怕一眨眼，就失去了妈妈
人间的亲情会不会就此变轻
颐养院的正午，阳光从头顶灌下
有一种灼烧感，老人们散步的院坝晒得发亮
有人偎着祖先的体温，仿若天堂里的炭火
但我仍然看到在凌乱的岁月中
母亲走在风中的样子，越来越像一片落叶
一滴找不到落点的枯风秋雨

2021 年 2 月 24 日

感发于攀枝花市康和敏盛颐养院

推门半山居（组诗）

1. 凤栖山下

凤栖山下，苍茫翠微
三棵楠木撑起了一片天空
半山居，二层小木屋
主人叫周宏
来这里，鸟鸣追上旧梦
飘窗前吹香隔屋
山里的人情世故被夜幕镂空
缓缓爬行的是马陆虫
伴着翠鸟，贴地迈方步
石缝里的岩蛙，不以美颜示众
门前小池塘，鱼儿如书童
三秋落叶，漂浮水中
晾晒，只是大山激进的态度

山下味江清自流
芙蓉花正在调整色度
思考校正一些阴影中事物

行吟小桥，写意楠木
舞文弄墨抒情怀
邂逅，吟诗对唐求
有时候，我们需要爬到树顶上
寻找风，有时候
我们需要大声疾呼
唯愿世界风平浪静，在此刻
静观周总裸背锯树
却无意泄露屋中宝物，赵大师说
推门能见阳光，这里的风水才叫酷

2. 木屋半山居

如毯的苔藓
从潮湿的墙角漫进来
如梦中的铜钱越来越多
请高处的楠木树
冷静校正内心的冲动
坐在阁楼上，寻找光阴的维度
沐浴古镇飘散的民风
王姐和夫君滴溜着双眼斗地主
无欲，则可打坐或静悟
理想与现实重构
权将此地当作原乡故土

忐忑之间，两位婆婆级的美女

打理着后厨，长条桌上的
那些美味和那碗红烧肉
我陪晚归的周总
浑浊来一壶，大快朵颐
听他叙说心中宏大的蓝图
他说，今冬安上电锅炉
待到秋去冬来时，诚邀宾朋过暖冬
试想，围着火炉
把盏品评日子里的江湖
命运如果是一截芒草
似乎要涉水而过，愿每一颗心都温暖快乐

3. 庭院慢时光

太阳落山后
岩蛙的鸣叫和游人的大脚
顶棚上硕鼠在奔跑
就像美国来的短毛猫
为了健硕而睡懒觉
按照赵大师给出的建议
打造一个四方院
沿墙壁放一个金鱼缸
便可煮沸每日下午的时光
好多的风水，可以打造
一座山、一棵树、一个理想的庭院

雨水浸润着山中的一切
可以洗净浮躁的心情
孤舍炊烟凭栏处
密林中升起一团团白雾
轻纱曼舞，醉朦胧
喝了山涧泉水，是否可以彻悟
忘却自己，袅袅于半空
真实而不羁地灵魂可以拥抱
入夜，我习惯性地紧贴潮湿的墙壁
酣然睡去，确信灵魂枕着肉体
直到深夜被猫逮耗子的声音吵醒

4. 细雨青山

我踩着跳板穿过细雨青山
有些水腥味的空气
顽皮的小朋友不会介意
从一楼爬上二楼
是宽大的厨房和饭厅
蒜味弥香，让我想起 3 年前
柔柔的灯光，隐约照进
我在俄罗斯圣彼得堡皇宫里看到的殿堂
或是某个音乐盛会上幽幽的灯光
电视墙上那一壁照片
温馨浪漫，从画面中溢出的
是一个家庭难以言说的甜蜜

一如普拉斯的诗
归隐在风都追不到的地方
说是神仙搂着魔鬼跳舞
同行的兄弟姐妹，笑得喘不过气
偶尔也透露出几分神秘
一如窗外的野花指认细雨
除去鱼池里的杂草是个技术问题

5. 坐在古镇街边

下山去，街子古镇看稀奇
一座索桥，诗瓢隐居
流动的风景如春水
一条美丽的小河
踏风而来，绕江而去
柏油盘山路，在两岸嘈杂的夹缝中
虚拟经济，实体经济
方显经济复苏给力
溪水、山石、竹林退守半山居
就像一朵云落在眼睛里

黄昏的古镇是否可以小憩
暗淡的灯光下，为何
有些景点只是一小团黑影
小镇小餐馆，随意点
一碗豆花、一碟蘸酱

一碗白饭，吃得很香很香
一只鸟在树梢轻吻羽毛
传递森林里的诚信
我坐在街边，思维像散乱的扑克牌
夜半或凌晨，期待来年一场大雪

6. 告别小木屋

早起的闲聊声
构成岁月清脆的回响
视觉让我有些低估了风景
一池清澈，小鱼戏落叶
微现树影陈迹
在凤栖山半坡上
有白云、鸟鸣
山谷里的小红花
同享日月光辉
高高的楠木树冠
传来朋友女儿的欢声笑语
我坐在二楼露台上
看着外面的行人和树木
静默的农家缓缓飘散出烤肉香

总感觉，两天的时日
像镜子里的风筝
有些喜悦稍纵即逝

总想用一山一水一首诗
叙写此刻的滋味
来半山居，日子过得好温馨
这里的丰饶和妙曼
叙写着人生的悲欢闲散
眼望拉长了的炊烟
我把情绪控制，拎起行装
最后，却是在街子古镇的十字街
挥手作别，酸楚情怀落满星辰酒杯……

2021 年 5 月 4 日
三家人齐聚于成都崇州凤栖山半山居

往事尘封里

1

此刻，七月在流火
携歌友漫游
在旌阳食堂农家乐
仿佛，听到大地胸膛里在唱歌
青春旗语，会让人想起岁月花絮
就像当年那段知青生活
沸腾着我的青春热血
人生的路上有苦有乐
执着信念点燃我们的生命之火
无悔人生，生命之歌
挥锄头舞大刀
栉风沐雨
多少回悲欢离合
我们苦过乐过笑过

2

那时我们风华正茂，激情四溢
就像此刻的歌友，半年不见
拥抱、流泪、久握双手
风景依然温馨美丽
这个时代，人们也喜好上山下乡
带着欢乐，带上相好
匆忙赶往乡间麦场
就像此时，在旌阳食堂饮酒
柴火鸡烟雾缭绕
清唱，独唱，一起唱
汇成一锅心灵鸡汤
炊烟微熏，满脸红霞飞
倾慕之心都在酒杯里，一饮而尽

3

借着昏昏欲睡的午后
有人码长城，有人玩手机
八月还能以怎样的方式
指认白云阳光和大地
大雨突然而至，云山雾罩皆诗意
而我一人独自在大圆桌下醒酒
蜷缩在长条凳上做美梦

有君借着酒劲论古今
说插队的，唱歌的
还有报名当兵的
最终有人读中师，只为混口饭吃
有人远走北方上了哈工大
后来钻进大山深处，那些年
最是洋气进二重或东汽

4

总记着，那时荞麦增产试验田
我把衣服和锄头顶在头顶上
春天荒芜中写着岁月青葱
犁头镰刀，鸡鸣犬吠
在村头那棵老树下
就像站在旌阳食堂大门口
唱着《莫斯科郊外的晚上》
青春迷醉，数着星星
半夜里，就想寻找
牛顿掉下的苹果来充饥
梦里梦外都在栽秧种地
打柴开荒，养鸡摸鱼
抚摸一道道旧伤
芳华流逝，今天依然激情飞扬

5

傍晚，不见夕阳和游云
唯有罡风折枝，响彻空山
炊烟袅袅，农家乐
剩下的人围着两张圆桌
晚餐过后各自回家
临别时，在篱笆栅栏处合个影
就像当年，手中还牵着
生产队里那头老黄牛
花椒树作背景
向晚的清风恰是清风
山冈沉默，河水喧哗，白菜上霜
愿这青砖土屋留下永久的念想
好风欲借力，你我同展臂
走过人生花季，走进色彩斑斓的梦境

2020 年 8 月 30 日
于新中镇旌阳食堂农家乐

乡关故土

乡关何处

如果，得了一场疾病
就会成为世界考证的难题
那么，单核恶性肿瘤
谋杀似如急变期髓系白血病
对于如此天敌，鏖战
你的倒下轰然如一棵大树
灯油耗尽，驾鹤西去
噩耗在深夜回肠荡气
可是，我们却无能为力
也阻止不了白血病停泊在春天里
拽不住衣角，也挽不住你的手臂
因为你的倒下，我只能在忙碌中哭泣

此刻，只听见天空哀鸣
搁浅的文字如雨水
黄河与吕梁
不见乡关和抔土

一字一顿，一呼一吸
坠下来的都是伤痛和惋惜
歼我良人，难道是天意
悲歌当泣，远望不归
惆怅结集，旌湖长太息
千呼万唤，诗文竞逐
哀绪中，为君送行绵水依依

天上多了颗文曲星

你挺过了寒冬，却未挺过
辛丑三月的最后一个黄昏
寒春的晚钟，在今晨
黑纱挽联罡风
送别场，泪作倾盆
天边划过的那颗彗星
难道就是你化作的文曲星
山川遥阻，长眠瘦土
你的文学梦悲风如诉

从川西到山西

泉台静处，你我分隔两处
只是愁绪与哀思维度不同
高山苍翠，小花依偎
我们在河东，你却去了睡梦中

乡关已远，万物成灰
深夜，我敲响冰冷的键盘
写下哀思，写下无力
写下那日喝完曾经在夜色中
在月色下，你清醒我却酩酊大醉
还忆得你默不作声的身影

那夜的雨……

写诗，有时是一种自救
一种无奈的救赎
更是一种超度
回望乡关，定会有白雪松枝
你去了乡关
便知晋中月色里
茶杯尚温，清明
有人为你沏上一杯热茶
会轻轻地说一声
——兄长，慢用
你便三晋归田，义无反顾
回到你那眷恋挚爱的乡关故土

你不用说出
不朽是怎样的漂泊
大限之后，尘埃落定
光明的前方，应该

再不会有黑暗
荒诞和哀鸣穿过肢体
会让书写的眼睛更加明亮
你雪白的诗心
会成就文学的沃土
萌生绵绵青草，随你的都是江河万古

2021 年 4 月 4 日
清明，追忆建平兄

一粒种子盛满粮仓

云山苍苍，江水泱泱
昨日，袁公国殇
悲恸，惊惶
稻菽千重，禾下还香
神农畴土，山摇地晃
五月的天堂
从江北到江南
不见斜阳，黄昏凄雨惶惶
一个熟悉的身影
云彩都是稻海的模样
万千稻穗低头，只为一个人哀伤

雨泪同泣，苍天同悲
一生梦想天下黎民皆饱腹
禾下可乘凉
扎根沃土，造福乡邦
袁公在，吾食无忧
湛湛长江去，绵绵细雨来
我们无法抵御浪潮
但会永远记得灯塔亮光

安江的那些田间小道
稻芒划过手掌，哗哗作响
一粒稻穗的重量
足以承载着一个民族的脊梁
满天星斗，是人间捧给你感恩的珍珠

颂词，抑或悼念
又如何去挽留
每一粒米，痛惋惜
天下寒士皆饱暖
今日之后，人间再无袁隆平
一粥一饭，唯念先生
除了珍惜还是珍惜
惜哉国士，回天复命
有谁再去稻田守望
沧海桑田，沙漠飘菽浪
一粒种子盛满粮仓
一座丰碑雕刻下人民的信仰
长太息，袁老驾鹤西去
你的名字，土地会记住人民会记住

2021 年 5 月 23 日
悼念国之脊梁袁隆平

早晨从中午开始

——谒拜路遥

1

在延安大学，在文汇山上
墓前，戴着眼镜
蓬松的头发
其实这并不是你的标配
一条平凡的路
走了半辈子
还是看不到尽头
只有文学才懂得你
所有的情怀，皆因
你留下的那些朴实的文字
筑起呕心沥血的丰碑
矗立在万万千千读者的心里

2

半山腰，彻骨的寒意

总让人猝不及防
一转身，您已远去29载光阴
松林成了你传说中的天堂
你是否还匍匐在文学的路上
我在文字集结的雪花里
读你的《平凡的世界》
会生出许多无端的愁肠
膜拜，到你墓前瞻望
还有远方来的读者
就这样一次一次把你祭拜

3

山岗上，风吹松枝扬
冬夏漫长秋更长
你所构建的人物故事
总会有许多的萧瑟
是道义，是热血
是快意江湖，你曾拼命
为时代的青年呐喊每一个词
每一个呼吸的元素
标注为陕北城乡民间立场
写尽人间一生悲凉

4

你习惯于早晨从中午开始
作的作品，你的人品
后人自有评说
无须盖棺，也不用定论
苍凉的黄土会指认
曾经喂养的热血青年
干涸土地锤炼了你
负重的耐力和殉难的品格
你一生书写的主题
早已铸成一个民族的记忆

5

你的写作，你的生活
总记着乡亲们
从救命的粮食里分出一勺半碗
你伴着菜糠团子咽下
你说，人活着最需要的是勇气
你睡过的板床
站过的灶台，凝望过的窗棂
无不透露出陕北厚土的荒凉
在延大，在文汇山上
你墓园雕像身后的那堵墙

似乎还如你在诉说
“像牛一样劳动，像土地一样奉献”

6

我在隐忍中仰望
一代人的悲怆
你用骨头撑起文学的大旗
善与恶，美与丑
如黄叶从秋天飞扬
如今，黄土高原已不再沧桑
听风雨，看电闪
一念天地间，刹那或永恒
硕大悲伤的眼泪
依然能听到你生命的浑响
声音是多么清脆而又响亮

2021 年 6 月 15 日

舟山影像（组诗）

1. 古镇、街戏

舟山很精细，但也很粗糙
渔民男穿笼裤女戴披肩帽
那便是渔家真实的风貌
不是宋代的渔家傲
披肩的疼痛与民俗的花草
其实就隔着栅栏一道
里面装饰的空间是意象之外的海涛

民宿，你能体验的纯粹
炭火的烧烤拖着一片海域的广袤
石屋、天窗、吊灯、盆栽
在古镇的街坊，有的已与倒影重合
渔场中心上演的“街戏”
牵动着休渔季，渔民号子总是那么拥挤
站在诗歌的句子里看风景
景在意味中呈现酸甜苦辣渔人的生计

落日余晖洒在伍码客栈
舒适的纯亚麻床品
古朴的榫式实木家具
会让你美梦联翩，梦中逢场作戏
露天阳台、咖啡屋
小花园绽开的都是喜心的笑颜
如果你是上帝，只需在某个清晨或午后
安享榻榻米，看书品茗体验不一样的风情

2. 面朝大海

携情侣，“雅致小院”喝茶、吃烧烤、睡躺椅
栈道旁摩登步履噔噔叽叽
波涛、海浪筑岸而栖
星光敲击着早眠的花香鸟语
时间经过最美的海岸线
也忍不住会慢一些，再慢一些
全因海面上风平浪静
能够留下的全都是美好的记忆

闲暇之余，只需体验一把海风
认识一种质朴
香格里拉就是海岛民宿
舟山影像，一切都恰到好处
一转头就可以通过玻璃窗
阅尽海阔天空

夕阳洒满顶层的日光浴房如诗章
让难以平静的灵魂享受一场畅快的水浴
留下，这里有你对海岛的一切想象
沙滩、美女和野兽……

漫步普陀，不觉中已是日薄西山
不远处传来禅院浑沉的晚钟
面朝大海，海滩民宿
相遇和别离，都可在小岛上演绎
这里有你对海潮的无限畅想
小青瓦很多都已经叛逃
祈愿跪在供案下，从此虔诚盘坐
细心体会普陀观音大慈大悲
远处海平线，落日后的景色很美
禅院会向你讲述一个关于渔夫的动人传奇

3. 舟山民宿

小溪从村口流过
人生不再被生活捆绑
老人在墙角打盹晒太阳
在某个清晨或午后
或眺望山景或消磨时光
或发呆或聊天
日子像深秋的树叶，悠悠地飘落
凡铺垫，都成了路上的风景

怡然会在月光中拉长你的身影

古宅里的少年和广场的游人
都同时挥动自己手中的书卷
骨与肉，在此时都很生动
岛上民宿，温柔心底留
三百年来没有人能说清
舟山影像是押韵的好
还是不押韵更入戏道
“唱蓬蓬”，唱得游人心酥酥

舟山民宿，最美岛屿
“美丽经济”印证了青山绿水
蕴含金山银山的道理
在美丽的庭院里喝茶、小憩
心灵静养，心情串联在那最美的海岸线上
有杜鹃百合水仙，野花环岛
情与海皆会野蛮生长
在这里，有诗有音乐有海有风有朋友
有星星、有阳光和沙滩，有你想要的自由

2016 年 8 月 14 日

舟山行游记

重庆城口县鸡鸣乡雪景　二〇一九年摄

追忆或绽放

1. 流连追忆

6 班的歌友大联欢
《母亲的微笑》混声唱
一张张笑脸如海报
大海航行，追忆流连
激情写满 56 张笑脸
旗袍秀串烧新疆舞
男歌友似绿叶，静静守候
采花的妹妹张张都如少女脸
二重唱，唱的是大好时光
激情澎湃丝毫不减当年
还有一些人固守着石头的老练
摇头晃脑，假装顿悟
萨克斯华丽登场，绕山梁
牧羊人守望着旷野河流和村庄

2. 喂养柔软的灯光

小合唱，散发着野花的芬芳
一阵姹紫，一阵嫣红
走进鸿雁天空上，对对排成行
穿的都是爱情花开的新衣裳
夕阳活力，魅力四射
仙客扮着夜来香
生命依然，青春怒放
间或是诵诗、演谐剧
为做梦的鸟儿寻找梦幻时光
歌友说：30 多年来没像今晚这样“疯狂”
开心、快乐、健康
在此刻，可以精心喂养柔软的灯光
拍下的那张全家福，写着满满的祝福
歌声如潮，欢腾的场面盛似海洋

3. 天边有对双星

一桌又一桌拉歌，唱的都是正能量
女餐桌有豪爽的仙女领着唱“雄赳赳气昂昂……”
姹紫嫣红是一次举重若轻的梳妆
豪放的哥哥领着一群白天鹅
着了旗袍走的都是淑雅秀
温润曲子唱得那个

沉没的铁会风吹草动
软软的，暖暖的，酥酥的
悉数登场的三大男高音，站在高原表深情
只是音响有些不给力，情到深处断流水
马姐肖姐上台献了围巾献真情
有人帮腔，习哥哥和邱妹妹
演绎“耙耳朵”遇上“歪婆娘”
男餐桌又响起
天边有对双星，那是梦中的眼睛

4. 花朵和太阳

你看到的独舞和秋冬一样矜持
芳草萋萋的腹地
如你蓬勃的诗意
二人舞微澜眷侣，深山里
你的美你的悲，北风那个吹
素洁旗袍有青花瓷相缀
岁月的过程远比一部传奇值得迷醉
直到将那些剪影烧成陶俑
人们都会向跳跃的舞姿敬礼
眼光驻留之处，是开心的暖流
还有那河畔停泊的一叶小舟
表达最深最隐秘的疼痛
河水流淌悄无声息
只因，他们都是月亮的同类

5. 卡斯摩寻找那拉提

一曲萨克斯，金碧辉煌
可可托海牧羊人
在可可托海寻找那拉提
今夜，川西大地在降小雨
生命中无法挽留水中的倒影
联欢是一场自娱自乐的派对
每一次相聚都用尽全力
每一个节目都倾注了真感情
沧桑的人生穿越寒冬
从容地走向春季
来吧，联欢虽然不是很盛大
今夜我们仍然可以像桃花那样怒放

6. 光阴追赶着光阴

搭着肩，手牵上手
光阴追赶着光阴
纵使一株细小的蒹葭
也如山楂树的爱情
借着联欢的舞台，每一片激情
都可以浓缩成挥洒的舞姿
笑声，等待杯底的岁月露出河床
飞鸟和漂木为何都变成了芦苇
只因轻扬的歌声可以疗伤

那群倦鸟，天明后又该飞向何方
走过 2020 年，我们都很怀念
只要还有一个人爱你
这人间就值得珍惜，兴许
在节日或生日里会收到一条祝福的短信

7. 把月亮写成诗句

在一群又一群人中狂欢
有时独饮，有时推杯换盏
好像整个世界都是我们的
迈左脚或右脚，那都不是问题
周围的女歌友花瓣带露
她们的浅笑微见腮红
闪烁灯影下，有人就是不醉
照样迈开舞步，敞开歌喉
每次见到你，都唱“我在莫尼山上等你”
有些朝花夕拾，也有些青春放纵
我们还是从前那帮少年
七情六欲没有一丝丝改变
今夜不宜通宵沉睡，只适合
把自己的月亮写成诗句呈现给新年中的你

2020 年 1 月 3 日

诗诵德阳市老年大学声乐 6 班美华联欢会

走近你婆娑世界

七月十七夜晚
在 T39 创意园，在灯光婆娑
咖啡飘香的厅堂
我作为主持访谈
闵之，为你的诗集
走进你婆娑世界
聚光或闪烁
靓丽，今晚你是主角
我在你身旁
在绿叶衬托的位置上
举起话筒，举着你
微尘中的诗意
一个个朋友分享或诵读
将诗意和真理刻上万物宇宙

此刻，灯光下我看不见自己
我需要从另一个方向
做好绿叶的担当
用心簇拥鲜花
拿得起放得下满世界的荆棘

你说，爱一座城犹如爱一个人
可是你诗中处处都写着
你心中的那个“你”
今夜，我们共享诗歌的盛宴
众多的文朋和诗友
谁都不愿意离去
皆因你诗集里那些
火热的、动人的、柔美的情意

今夜，在聚光灯下
你像花儿一样
知性而柔美
我们一起分享诗歌，分享快乐
只要绽放，你婆娑
那便是今夜相遇的使命
是夜，落幕的不止舒缓音乐
还有你的旧友和粉丝
正在回味你诗中的温婉而柔美
而我们也终将成为彼此
但今夜的晚风会记得
我们曾经在婆娑世界里相遇

2021 年 7 月 17 日深夜

主持诗人胡闵之新书分享会感怀

地中海的朝阳

西班牙马拉加的小镇
一个叫拉嘉的海滨酒店
我看见了像油一样流动的
粼粼水面的地中海
看见了早间涨潮后的蓝色浪涛
眼中的地中海，它已不是我儿时的海
无论什么时候，只要略微翻出童年的记忆
地中海就是那地图上的一个小小板块
热烈如你炽热的眼神
而我选择，这被海水淘洗过的朝阳

海天的霞光喷薄而出，远方
泛起一线红晕，跳跃着
黎明将地中海最后一道晨曦收走
歇息了一夜的海平面，飘来
一群宛若海鸥般的女人
面容灿烂，体态丰盈
健美的身姿时而像海天的群鸥
活力起舞，这里是马拉加城外的海

晨跑中的女人们
地中海特有的色泽，已将她们
融化进淋漓尽致的霞光里
海风和阳光赋予她们辽阔和宁静
笑容里透着韵致、健步里跑的都是自信
冥想中，灵魂像放飞的海鸟
似乎都随着她们一起翻越腾飞
叮当作响的惆怅如刀锋一样沉寂
在地中海的某个海域，划过肌肤的疤痕

站在凉台与大海的交接处
一个诗意的灵魂却沐在蔚蓝的天空下
远处，海岸的东边山坡上
那头巨型的西班牙黑牛看着朝阳
它就是地中海的一座山峰
或许人类都听不懂它的忏悔和痛
有人却可以自在地站在海涛的浪尖行走
如一只孤独的海鸥在鸥群之上歌舞
晨跑的女人是地中海的舞娘，也是皇后
当潮汐开始平静时，我沉默在海鸥的尖叫声中

2019 年 10 月 22 日

于西班牙马拉加地中海拉嘉酒店

马德里中心街43号咖啡厅

人生经历，有时婆娑迷你
在异域的闹市咖啡厅
喝上一小杯咖啡，会是怎样的滋味
先前的许多匆忙可以不管
坐在一堆洋人的中间
做一回老外
用异样的眼光看身边的世界
品浓香的西班牙味道
卡洛斯五世雕像，披一身英豪之气
望着，微笑着，手持橄榄枝
路边，乞丐的卧床
还有一只宾利犬作陪
天堂里的花花世界
在此刻闭上双眼
清风中的日子如诗
感受斗牛场吹来的西班牙风

东方人的哲学
如何去解释南部欧洲
隐秘的烈火穿透于心底

静下之后，会有人敲窗
说着“hola”你好的礼语
高挑健硕的美人儿
从她的方言中分不清
哪是英语哪是西班牙语
喧闹声里马德里
馈赠无数帅哥美女
都市的人流，如塞万提斯笔下的意境
一杯咖啡早已喝净，就要离去
因为明晨要登机，人生最美的经历
早已融化在匆匆来去的旅途中
何时再见我也说不清
再见吧西班牙首都马德里

2019 年 10 月 26 日

伊莎贝尔的婚礼

——感受不一样的东西方文化

一盘沙拉拼盘大联欢
说是西班牙风情
地中海，西式婚宴甜点心
婚宴，四道菜一杯水
从东到西，我们走了 9470 公里
参加伊莎贝尔和亚当的婚礼
一个伦敦美男，高大英俊
娶的是西班牙美女
话痨胖妹家住马拉加
西式婚宴，众嘉宾
白皮肤黄皮肤黑皮肤，着装都很喜庆
走过红地毯，交互亲吻爱情海
一粒橄榄果就是一粒香
吻过是否幸福一生
因为太阳的精血
会在体内登顶
此情此景，有些激烈
好似吻了上帝的眼睛
爱了便可天长地久

灯光娇情地与世界寒暄
在马拉加见证伊莎贝尔的爱情

我将诗与歌写进十月的米哈斯
橄榄枝摇摆欧式温情
在阿尔拜辛幻想几粒橄榄果
可以走上婚礼的草坪
用英语或西班牙语发布爱情
高尔夫绿草坪可以见证
牧师的言辞逃不脱脂粉
用唇膏打动了
新娘伊莎贝尔的芳心
一片虚空应对流水的席卷与狂奔
读不懂欧洲人的爱情
眸子里是否种着贵族基因
只好静听半山风月抚琴
米哈斯的天空有些香甜沉醉
晚宴白帐篷下，新人动眉处
响起一曲伦敦郊外的乡音
太阳，可以见证橄榄沃土的爱情

2019 年 10 月 19 日

于西班牙地中海风情小镇米哈斯

目标直奔高槐村

在青衣江桥店芙蓉餐厅
苏坡桥包间
“美眉”香琼
置办一桌月色浪漫温馨
七人中有四个姓周
三位心中装的是中江集凤心
不是文朋就是旧友
菜过五味酒三巡
浓浓的情怀尽在丰谷美味
喝过绵绵高地，如诗淡淡的晕
后来有人出去就找不到回来的门
醉了，不过没有关系
我们可以继续，吹牛嗨[①]诗
勾肩搭背，反复敬酒，反复握手
没戴口罩，眼神对着眼神
一来二去，说的都是过眼风景
和肉身留存的唯一乡音
开志兄中午喝高了，没端白酒杯
但他表示，下周的今天再相聚
地点就在高槐村

中罡指认，今天在座的各位
秋收的萝卜一个也不能少
下次相见接着喝
不喝干旌湖就绝不收兵
然而但是
说好了下周早早走起
目标直奔高槐村
晃眼中，杯中酒开志又开心
改日再聚，酒话就别当真
但可期待光明会在黑暗中复明

①嗨：这里指高声诵读。

2020 年 7 月 15 日深夜

五月，我去过合川淶滩（组诗）

合川淶滩追风记

五一小长假，我怀拥着合川
当晚枕着江风
深夜的街道还在喧嚣
都市之夜，似乎有些荒诞
如果睡前能饮下一斤白酒
或许能改变
关于睡眠的质量和形态

窗口熹白，轮渡已开始鸣笛
就像散乱的群诵
和日夜不停的眼睛
它们热衷的，就是喊出
那些平仄铿锵的水天长空
抽象的睡意袭来，我却还很清醒

而风和雨都不会打哑语

立夏会证明，热起来是要命的
第一滴汗水早已
沦落进了别人的鼾声里
从一个梦到另一个梦
融入落日、清风和白云

今夜，神在远方
他召唤我们相遇在合川
天亮前又醒来
黎明陪伴着电视一夜未关
窗外，流动的人群都在追风
送货、赶路、追逐星辰
嘉涪二水汇合川，流向重庆
但这里自古叫垫江

涞滩路太窄

去涞滩是上坡还是下坡
是上山还是下山
是由川入渝还是由渝入川
是远古还是现在
是谷雨还是立夏，涞滩路并不宽
来此地，只愿将凡尘心事都看淡

抬腿再抬腿，一级一级

将沉重的身体挪上山顶
触手可及的天空
三面峭壁，阴森藏兵洞
瓮城遗址形如月牙
一夫当关，高低错落

太平池旁臭豆腐古味飘香
渠江河水糯米酒
涞滩曾经是个繁忙的水码头
如果由河边拾级而上
逆风，将肉身登顶
昂起头看，疑似泰山玉皇冠

脚下是渠江

喧嚣沉寂到涞滩
多少众生都在
忙着赶往生命圆寂的路上
见过高僧
在骄阳下烧香
膜拜山顶的佛像
步履沉重的凡人都那么匆忙

站在二佛寺
脚下远去的渠江

尽管作揖，燃放高香
日子碾碎的夕阳，曲水流觞
从生命的灰烬中是否可以看到
仅剩一尘不染的白悄然隐去
老去的时光，都会唏嘘随了风和云

体温，在古镇上打了一枪

凡如我想象中的古镇
一如石条铺成的长街
讲述着悠悠远远的故事
但烟火浓熏的小食摊、商铺
照例传承着过往的人气
参天大树，把枝头伸向渠江
千年的往事，写在云端
只是城门还在，守门的人匍匐在端口
向行人举起手，说着古时的仄语
人和神装扮成天使的身影
都在梵音的圣界里，洗去尘世的浮躁

古镇烟火味

走进涞滩古镇，城墙上
石壁缝里长出的参天黄葛树
会向游人讲述古镇的沧桑

传说中的寨门模糊不清
然而，镇子的城楣烙印深深
古庙的石碑风化着时光
二佛寺静坐于绝壁上，沉默不语
左边回龙街可观涞园风水
右边顺城街指向文昌宫、小寨门
中间二佛巷，商贾云集
一些棕榈，仰卧在野性的山坡上
高出了鹫峰山。而蜂拥攀爬的游人
高出了自己，也高出了缓缓流淌的渠江

碗碟，酒器，祭器，木器
石磨豆花，合川肉片……
阴米炸成米锅巴
笑看古镇男女，喜乐慈悲
历经千年风雨，过往都带情绪
红巾黄条悬挂在半山壁
那些曾经守城的士兵
早已布阵成逶迤纵深的丛林
正午的太阳下，高高石头城
依着大树冠，品评千年的盖碗儿茶
墙砖之外风光流淌
古镇浓烈的烟火味
有人铳壳子①，有人打麻将
黄葛树撑起的瓮城也不是小山村

我和小舅子一家，在灯火下喝酒
哪管两妯娌却在一旁说闲话
尽情喝贵州怀仁酒，最后喝成了天之蓝

①铳壳子：四川方言，即摆龙门阵。

2020 年 5 月 4 日

让歌唱的旅途沾满阳光（组诗）

流光向前

在笑意荡漾的亲密中
我们迎着晨风
乘着大巴
向着快乐出发
在憧憬的梦想里
大渡河，雅西高速
飞转的车轮驭着四个声部
我们唱着熟悉的旋律
拥抱阳光和秋风
一曲又一曲，波浪前行
飘动的发丝，闪烁的眼睛
唱人生，唱愁绪
一路欢歌笑语
邛海，网红打卡地
东岸水域西岸水域
我们行进在美妙的歌声里

花蕊中的花蕊

有眼镜帅哥主持，在邛海边
泸山脚下，围着石堆
一群男歌友谈论的都是
花海里的阳刚柔美
不远处还有一些鸟儿在嬉戏
摇曳的风有些肆意
小美人儿回到了森林里
拍照的拍照，摆谱的摆谱
就那么短短的一段距离
有着波光粼粼的趣味
一个个闪亮的姿态
也能舞出精彩的创意
甜心，芙蓉，盆景
都是湖边花蕊中的花蕊
而我驻足、慨叹
哪朵彩云，恰似我心中的女神

抚摸月亮湾

邛海的夜是如此宁静
农家小院却是分外喜庆
一场随意的演出
在民宿在住地

舞场不大，灯光若隐
清唱浊唱脑袋陪眼睛
还有滑稽的小品
和天地之间的祥云
围观的村民
满脸挂着春天般的写意
激情演绎，味道深邃
此刻，村庄不像村庄
花裙子和手机们都举过了头顶
成为一道亮丽的风景
在湖畔，月亮湾撩起了
那一抹淡淡的有盐有味幽情

月亮喝不醉

在和顺逸养
大块吃肉，大碗喝酒
一池秋湖敞开秋意
芦花盛开在夜色里
掌声密集处
还有一对神仙眷侣
唱着酒杯杯醉呢酒瓶瓶歪
咿儿呀儿哟，有人精准点评
吃了大肉，唱哑了歌喉
也有人说，此行
你不知道有多安逸

但我却找不到
一段与之相匹配的词语
也未看见今晚的月儿沉醉
瞧那湖边晃动的影子
难道是波浪驮着私奔的星星

慰劳古老的肠胃

不承想，有病毒卷土重来
疫情终止联欢
我们只有在演播厅
远远观望云端上的视频
和舞蹈中的大鱼
大鱼翅膀很辽阔
九儿独舞万般风情
学舞蹈，始终未见孔雀开屏
一路上有人发零食，有人护花做保安
坨坨肉酸菜鸡
彝家风味慰劳古老的肠胃
杆杆酒把一个个喝得晕忽忽
趁着酒劲选美
嬉戏间，却冷落了 3 号美女
梦里的白马不见英雄救美
谁是痴情郎，谁去拯救台上的那位美人鱼

对着清风耳语

次夜的联欢，碰上成都飞机厂
合唱团，老年艺术队
混声一曲《旗帜颂》
广场舞刮起龙卷风
水兵舞，跟你走
乔乔、关姐、珍爽、梓君走猫步
日月同光，山河应无恙
醉酒的探戈不转风向
幸好我不在现场，我到了成都府
举头遥看冥王星，夜色温馨
隔河望，望江楼上笙歌吟
有人在微信里清风耳语
再见之后挥挥手
深夜的锦江有些寒彻透骨
河水和草木举头望
分不清哪里是来路，何处是归途

每一个画面都值得珍藏

歌声和“美眉”
这几日，欢乐不绝
感觉闭着的眼睛
向上都是明媚

湖水的美与歌声多么相配
男神澎湃，裙裾徜徉
云朵、树影、水草
闲适安逸莫过于
烟雨露洲，歌海摇曳
远方，湿地托起的小渔村
日落之后点宫灯
桨声灯影，长流着心头的声音
邛海记忆，是我们群体排演的电影
图片视频和抖音如梦境
还有娜姐的美篇，点点滴滴
都是美好的瞬间，每一个画面都值得珍藏

2021 年 11 月 2 日

诗记德阳老年大学梦之韵合唱团赴西昌交流活动

红包雨纪事

有时候，下暴雨并不可怕
可是今夜在蜀香坊
一群歌友高兴之余
喝酒，唱歌，发红包
一片祥云骤然急聚
先是钢哥挑事带头
也有人稳起，随后有人跟进
张三李四发的都是伴手礼
哪怕是一角一分，都是碎银
后来有人诱导有人鼓励
再随后，一个接一个次第刷屏
幸福呀，来得太突然
发红包，下春雨
有人大声喊：又来啦，又来啦
快抢，快抢
哈哈，赚了个大家伙，二十一块一

一阵龙卷风过，只见诸君
死死盯着手机屏幕
两眼发绿，手指爪起

嬉笑喧闹声中
不知哪来的激情动力
轰然间，小雨中雨大雨
有收几十的，也有几分的
这世道，原本就没有绝对的公平
你看看我的手机
我看看你的银屏，有人说
打麻将靠手气，抢红包要麻利
来了来了，暴雨暴雨
一些呜呼呐喊声叫个不停
感叹的，赞誉的
一张张脸膛醉红醉红
有的出太阳，有的下小雨

抢呀抢呀，手酸了眼花了
只见红衣妹妹和福娃小弟
在群里点头捣蒜，连连赞许
谢谢红包，谢谢老板
老总好酷，发红包的好帅
原来，幸福不是毛毛雨
呼啸平川，飞越梦境
喔喔，如今呀天降祥瑞
感谢国家，小康日子遍地开花
纵使风暴再来袭
还希望，红包雨来得更猛烈些吧

2022 年 2 月 23 日来自抢红包现场报道

那年那月宿巫山

不要说好久
也不说很早以前
永恒，已是月色流水
爬上半山坡
云梯直抵巫山城
是夜，我独宿长江边
江上点点斜雨
身子冷得有些瑟瑟
心中的云雨怎像此刻的神女
纷至沓来无端思绪
咋作别，头枕巫山
长江歌谣说
滚滚江水一直向东
一尾游鱼，自涪陵
顺流丰都鬼吹灯
经云阳至奉节
两岸猿声啼巫峡
遥想那唐朝李白杜甫兄
还请北宋苏东坡
不管长江滚滚涌

众朋友一起围成圆桌
吃巫山烤鱼，豪饮千杯浊酒
独有我醉倒江边无人扶
深情眺望巫峡神女峰
掀起云雨望夫愁
欲与江水共漂流
有人在江边大声吼
水失眠，愁更愁
江水汪汪，后浪前浪尽在胸中涌

2020 年 6 月 20 日

站着的土林

正月初六的日子
云南元谋土林
坐着、站着、躺着
土林或山峰
和我一起思索
姿态不一定动人，但却绵延逶迤
静中有动，妖娆丰盈
最不该忘记的是
那无数的修炼
将苍颜显现给世间
成林，成剑，姿态万千
古朴厚重成迷宫
半空倚着的那些峰峦
有如明媚的阳光
伸向更远的远方
也沿着山势结伴飞翔
思绪如闪电穿过无尽的空旷

与天地同寿，与风雨同舟
在冲刷的命运之中

陷落的声音都堆积成棱角
奇异的骨骼绽放恒久
我行走在原始山林，峰峦叠嶂
那些安静而热烈的生长
随着地球自转在我的视野
在复活的逆境中
那些水和泥浆的元素
暴烈，突兀，孤独
在这里，亿万年不算长
人世的经历却非常短
山川蜕变成土林
叙写或绽放的都是人间天堂

2022 年 2 月 6 日感发于云南元谋土林

致麻友

诚然，哈哈哈哈
电话的那头都是麻友
双手都在哈[①]
把白天哈成了黑夜
将黑夜哈进梦里
修炼穿墙技艺
一只又一只蝴蝶
飞过桨声麻影
满屋子烟雾
可以自由自在飞舞
而我无法用
旧的语言去复活
那些哗哗啦啦的声音
更想象不到
灯影下几多快乐光阴
从黄昏打到黎明
好坏都讲手气
要的是感觉，不计输赢
手捧盒饭
脚下偎着烤火炉

享受别样人生
玩的就是拼命，有人惊叫唤
哈哈，和牌啦，一条龙，杠上花

①哈：搅拌的意思。

2022年1月23日闻娜姐打麻将有感